Henrik Ibsen

Henrik Ibsen

001

ヘンリック・イプセン

近代古典劇翻訳〈注釈付〉シリーズ

人形の家

毛利三彌 訳

近代古典劇翻訳〈注釈付〉シリーズについて

○本シリーズでは、近代劇の確立に寄与したとされる劇作家、イプセン、ストリンドベリ、チェーホフの代表的な劇作品を、本国における新しい編集による刊行本を底本として、個別に翻訳出版する。いずれも新訳または改訳である。

○すべて百年以上も前に書かれた作品であるから、古めかしい言葉や言い回しもあるが、原典にできるかぎり沿った訳となるとともに、上演にも適したせりふとなることをめざす。

○一般の読者には分かりにくいと思われる語句や状況、なじみの薄いと思われる習慣や事象、また人名、地名などについて、必要なときは、巻末で注として説明する。

○固有名詞の原発音をカナで表すのは難しい場合が多い。できるだけ原発音に近くすることを心がけるが、慣例にしたがう場合もあり、必ずしも統一された規則によっているとは言えない。

○仮名遣い、言い回し、せりふ記述の書式などは、それぞれの翻訳者の方式に従い、シリーズ全体で統一することはしない。

○本シリーズの訳をもとにして上演すること、またこの訳から台本を作成して上演することを歓迎するが、そのときは出版社を通して翻訳者の諒解を得てもらいたい。

近代古典劇をどのような解釈によって上演する場合でも、原作品をできるかぎり理解することは前提となるだろう。その一助となることに、本シリーズ企画の願いがある。

目次

ヘンリック・イプセン[*1]作『人形の家』[*2]三幕の劇

登場人物

（上級）弁護士[*3]ヘルメル
ノーラ[*4]　彼の妻
ドクトル・ランク
リンデ夫人
弁護士[*5]クログスタ
ヘルメルの三人の子ども
アンネ・マリーエ　ヘルメル家の乳母[*6]
手伝い[*7]（ヘレーネ）　ヘルメル家の家事手伝い
配達人[*8]

劇はヘルメルの住居で進行する。

第一幕

気持よく趣味ゆたかに、しかし贅沢でなく飾りつけられた部屋。舞台奥、右手[*9]のドアは玄関ホール[*10]に、左手のドアはヘルメルの書斎に通じる。これら二つのドアの間にピアノ。左手壁の中央にドア、それよりずっと前方に窓。窓のそばに丸いテーブルとひじ掛け椅子と小さなソファがある。右手壁のやや奥にドア、同じ側の前寄りに、石造りの暖炉があり、その前にひじ掛け椅子二脚と揺り椅子が一脚おいてある。暖炉とドアの間に小さなテーブル。壁にはいくつもの銅版画。焼き物その他の小さな工芸品のおいてある棚。綺麗に製本された本の並んだ小さな本棚。床には敷物。暖炉には火が燃えている。冬の日。

玄関ホールで呼び鈴が鳴る。間もなくドアの開かれる音。ノーラが楽しげにハミングしながら部屋に入ってくる。外套を着て、たくさんの買物包みをかかえているが、それらを右手のテーブルにおく。玄関ホールへのドアを開けたままにしているので、クリスマス・ツリーと籠をもった配達人が見える。彼はそれらを、ドアを開けた家事手伝いに渡す。

ノーラ　隠しておくのよヘレーネ、そのクリスマス・ツリー、うまくね。今晩、飾りつけがすむまで子どもたちに見つけられないように。[12]（財布を出しながら、配達人に）おいくら――？

配達人　五十エーレです。[13]

ノーラ　はい一クローネ。[13] いいえ、おつりはとっといて。[14]

配達人は、礼を言って去る。ノーラはドアを閉める。満足そうに、くすくす笑いをしながら外套を脱ぐ。

ノーラ　（ポケットからマカロン[15]の袋をとり出し、一つ二つ食べる。それから忍び足で夫の部屋に近づき聞き耳を立てる）ああ、いるいる。（また、ハミングしながら右手テーブルのほうに行く）

ヘルメル　（自分の部屋から）そこでさえずってるのは、ヒバリ[16]かな？

ノーラ　（包みのいくつかを開けるのに忙しくしながら）そうよ。

ヘルメル　そこで跳ねまわってるのは、リスかな？

ノーラ　そう！

ヘルメル　リスはいつ戻ったんだ？

ノーラ　たったいま。（マカロンの袋をポケットにしまい、口を拭いて）こっちに来ないトルヴァル[17]？　買ってきたものを見せてあげる。

ヘルメル　邪魔しないでくれ！（少ししてドアを開け顔を出す。手にペンを握っている）買物？　それ全部？　可愛い金くい鳥は、またありったけお金[18]を使ってきたな？

ノーラ　だってトルヴァル、今年はちょっとくらい自由にさせてよ。けちけちしなくていいクリスマスなんてはじめてよ。

ヘルメル　いや、いいか、無駄遣いはできない。

ノーラ　いいでしょトルヴァル、いまは少しくらい無駄遣いしても、ね？　ほんのちょっぴりなんだから。いまはあなた、大したお給料でしょ。これからは、たくさんたくさんお金が入るんでしょ。

ヘルメル　ああ新年からな。だけど給料が入るまでに、まるまる三ヵ月[19]はある。

ノーラ　ふん。それまでは借りればいい。

ヘルメル　ノーラ！（近寄って、冗談に耳をつかむ）またそんな勝手なことを？　もしおれが今日千クローネ借りてきて、おまえがクリスマスに全部使っちゃって、それで大晦日におれの頭に屋根瓦が落ちてきて死んじゃったら——

ノーラ　（彼の口に手をあて）やめてよ、そんないやなこと言うの。
ヘルメル　でも万一そうなったら――どうする？
ノーラ　そんな恐ろしいことになったら、借金なんかあってもなくてもおんなじよ。
ヘルメル　それで貸したほうは？
ノーラ　貸したほう？　そんな人どうでもいい！　どうせ知らない人でしょ。
ヘルメル　ノーラノーラ、おまえはこれ女なり！[*20]　いや真面目な話ノーラ、おれの考えはわかってるだろう。借金はしない！　金は借りない！　借金している家はどこか溌剌さに欠ける、醜いところが出てくる。さ、今日まで二人で頑張ってきたんだ。もう少しの辛抱だよ。
ノーラ　（暖炉のほうへ行き）ええ、ええ、どうぞトルヴァル。
ヘルメル　（ついてきて）さあさあ、ヒバリちゃんがしょげるんじゃないよ。おや？　リスがふくれっ面をしているぞ。（財布をとり出し）ノーラ、ここに何をもってると思う？
ノーラ　（すばやく振り向き）お金！
ヘルメル　そうら。（何枚かの紙幣を差し出す）まったく、クリスマスに家の出費がかさむことぐらい、おれだってわかってるよ。
ノーラ　（数える）十――二十――三十――四十。まあ、ありがとうありがとう[*21]トルヴァル。これで当分やってゆける。[*22]

ヘルメル　本当にそうしてくれよ。
ノーラ　ええ、ええ、大丈夫。それより、こっちに来ない？　買ってきたものを見せてあげる。とっても安いの！　ほら、これはイヴァールの新しいシャツ――それにサーベル。ボッブには馬とラッパ。それから、これがエンミーの人形とベッド。簡単なものだけど、どうせすぐにバラバラにしちゃうでしょ。それから、お手伝いとばあやには服地とハンケチを買ったの。――ばあやにはもっとあげたほうがいいんだけど。
ヘルメル　この包みは何だ？
ノーラ　（叫んで）だめよトルヴァル、それは今晩まで見ちゃだめ！
ヘルメル　いいよ。だけど可愛い無駄遣い屋さん、自分には何を買うつもりだ？
ノーラ　ふん、わたしに？　そんなのどうでもいい。
ヘルメル　いや、よくないよ。さあ、何かほしいものがあったら言ってごらん、あまり高くないもので。
ノーラ　わたし、わからない。ああそうだトルヴァル――
ヘルメル　うん？
ノーラ　（彼のボタンをいじり、顔は見ないで）もし何かくださるんならね、それじゃね――それじゃ――
ヘルメル　さあ、言ってごらん。

ノーラ　（口ばやに）お金をちょうだい、ね。いいと思うだけでいい。そしたらわたし、あとで自分で何か買うから。
ヘルメル　だけどノーラ――
ノーラ　ねえ、そうしてトルヴァル、お願いだから。そしたらそのお金、綺麗な金紙に包んでクリスマス・ツリーにさげる。面白いと思わない？
ヘルメル　無駄遣いばかりしている鳥は何て言うんだっけな？
ノーラ　ええ、ええ、金くい鳥、わかってる。でも言うとおりにしてトルヴァル、そしたらいちばん何がほしいか考える暇もできるし。理屈に合うでしょ？　どう？
ヘルメル　（にやにやして）まったくね。つまり、その金を本当にとっておいて、本当に自分のものを買うならね。ところが結局、そいつはろくでもない家のことに使われてしまう。そうしておれはまた金をせびられる。
ノーラ　そんなトルヴァル――
ヘルメル　違うと言えるか可愛いノーラ？（彼女の腰に手をまわし）この金くい鳥は可愛らしいが、いくらでも金をくってしまう。一羽飼うのにこんなに高くつくなんてとても信じられんよ。
ノーラ　まあひどいこと言う。わたし、ほんとにできるだけ倹約してるのよ。
ヘルメル　（笑って）そう、そのとおり。できるだけ。ところがぜんぜんできない。

ノーラ　（ハミングしながら、満足げに静かに笑って）ふん、わたしたちヒバリやリスというものはどんなに出費がかさむか、わかってもらえたらねトルヴァル。

ヘルメル　おかしなやつだな。お父さんそっくりだ。あらゆる手を使って何とか金をせしめようとする。ところがそれを手にしたとたん、指の間からみんなこぼれ落ちちゃうんだ。それがどうなったか自分でもわからない。まあそれも仕方がないか。血すじなんだから。そうそうそう、遺伝なんだよノーラ。

ノーラ　ああ、パパからもらいたかったものはもっとたくさんある。

ヘルメル　ところがおれは、いまのままのおまえがいちばんいい、可愛いヒバリちゃん。しかし待てよ、何かあるな。その顔はどうも――どうも――何て言うか――どうも変だぞ今日は――

ノーラ　そう？

ヘルメル　うん、たしかに変だ。まっすぐおれの目を見てみろ。

ノーラ　（彼を見て）どう？

ヘルメル　（指で脅かし）この甘いもの好きは、今日、町で忙しい思いをしなかったか？

ノーラ　いいえ、どうしてそんなこと言うの？

ヘルメル　この甘いもの好きは、ちょっとお菓子屋さんに寄り道しなかったか？

ノーラ　いいえ、とんでもないトルヴァル――

ヘルメル　ジャムをちょっぴりなめなかった？
ノーラ　いいえ、ぜんぜん。
ヘルメル　マカロンの一つか二つ口にするのは？
ノーラ　いいえトルヴァル、断言する、本当に――
ヘルメル　いやいやいや、もちろん冗談だよ――
ノーラ　（右手のテーブルのほうへ行き）あなたがいけないと言うことをするなんて思いもよらない。
ヘルメル　いやわかってるよ。約束したんだものな――。（彼女のほうへ行き）さあ、その秘密の贈り物をしまっとけよノーラ。今晩、クリスマス・ツリーに明かりをつけたら出してくるんだろう。
ノーラ　あなた、ランク先生お招きするの忘れなかった？
ヘルメル　忘れた。でも大丈夫、黙っててもここで食事をするから。しかしまあ、朝のうちにやってきたら招待はしとく。うまいワインを注文したんだ。ノーラわかるか、おれが今晩をどんなに楽しみにしているか。
ノーラ　わたしだって。それに子どもたちも大喜びよトルヴァル！
ヘルメル　ああ実にいい気分だ、しっかりした職についたというのはな。それに給料も悪くない。どうだ、うれしくないか。

ノーラ　ああ、素晴らしい！

ヘルメル　去年のクリスマス覚えてるか？　まる三週間も前から、おれたちを驚かすんだと言っておまえは毎晩、夜中すぎまで部屋に閉じこもってた。ツリーにつける花とか、いろんな飾りものを作ってな。あんな退屈な思いをしたことはいままで一度もなかったよ。

ノーラ　わたしは退屈どころじゃなかった。

ヘルメル　（微笑して）だけど最後は、とんだお笑いだったなノーラ。

ノーラ　あら、またそれを言い出してからかうの。猫が入ってきてめちゃめちゃにしちゃったんだもの、仕方ないでしょ？

ヘルメル　そう、仕方がなかった、かわいそうなノーラ。おまえはみんなを喜ばせようと一所懸命だった。肝心なのはその点だ。それにしても貧乏が終わったのはいい。

ノーラ　ええ、本当に素晴らしい。

ヘルメル　おれはもう、一人でここに座って退屈することもない。おまえもその大切な目や、ほっそりした綺麗な手を痛める必要はない――

ノーラ　（手をたたいて）ええ、そうねトルヴァル、本当にもうないのね？　ああ、こんなことって何て素晴らしい、何て素敵なんでしょう！　（彼の腕をとり）それじゃ、これからどんな暮しをしたらいいか、わたしの考えを言うわねトルヴァル。クリスマスが終わったらすぐにね——（玄関で呼び鈴が鳴る）あら呼び鈴だ。（部屋の中を少し片づけ）だれか来たのね。いやあねえ。

ヘルメル　客なら、おれは留守だから、いいな。

手伝い　（部屋へのドアのところで）奥さま、存じ上げないご婦人ですが——

ノーラ　あ、お通しして。

手伝い　（ヘルメルに）それから、ドクトルもいらっしゃいました。

ヘルメル　おれの部屋に行かれた？

手伝い　はい、そちらにいらっしゃいました。[*23]

ヘルメルは自分の部屋へ去る。手伝いは、旅装[*24]したリンデ夫人を部屋に案内し、ドアを閉める。

リンデ夫人　（ためらいがちに、やや言いよどんで）こんにちはノーラ。

ノーラ　（よくわからず）こんにちは——

リンデ夫人　わたしがわからないのね。

ノーラ　ええ、どなたかしら——そう、なんだか——（不意に叫んで）まあ！　クリスティーネ！　ほんとにあなたなの？

リンデ夫人　ええ、わたしよ。

ノーラ　クリスティーネ！　わたし、あなたがわからなかったなんて！　でもどうしてだろう――。（声を低め）ずいぶん変わったわねクリスティーネ！

リンデ夫人　ええ、変ったたしかに。九年――十年になる――

ノーラ　そんなになるこの前会ってから？　そう、ほんとね。ああこの八年間、わたしはとっても幸せだった。それで、いまこの町に来たのね？　冬なのに長旅をして。大したものね。

リンデ夫人　今朝、蒸気船[*25]で着いたの。

ノーラ　クリスマスを楽しむためでしょもちろん。うれしい！　うんと楽しみましょう。さあオーバーを脱いで。寒くないわね？（脱ぐのを助ける）ほうら！　さ、暖炉のそばに座りましょう、いい気持よ。いいえ、そこのひじ掛け椅子！　わたしはこの揺り椅子に座る。（相手の手を握り）ああ、やっと昔どおりの顔になった。最初に見たときは――。ちょっと顔色がねクリスティーネ、――それに少し痩せたかな。

リンデ夫人　それに、とてもとても老けたでしょ。

ノーラ　ええ、そういえば少し老けたかも、ちょっと、ほんのちょっとよ、とてもなんてことない。（突然やめて、真面目になり）まあ、わたしったら、ひとのことも考えないで勝手にしゃべってばかりいて！　クリスティーネ、許してね。

リンデ夫人　何のことノーラ？
ノーラ　お気の毒にクリスティーネ、あなたご主人を亡くしたんでしょ。
リンデ夫人　ええ、三年前。
ノーラ　知ってたの、新聞に載ってたから。[*26] ああクリスティーネ、なんどもお手紙書こうと思ったのよ、ほんとよ。でもいつも延び延びになっちゃった、いつも何か都合が悪くなって。
リンデ夫人　ノーラ、わかってる。
ノーラ　いいえ、わたしってほんとに不人情。お気の毒にあなた、いろんなことがあったんでしょう？　――ご主人は何の遺産も残さなかったの？
リンデ夫人　ええ。
ノーラ　お子さんは？
リンデ夫人　いない。
ノーラ　じゃあまったく何もなし？
リンデ夫人　悲しみや心配の種さえない。
ノーラ　（信じられないというふうに彼女を見て）だけどクリスティーネ、そんなことってあるかしら？
リンデ夫人　（悲しげに微笑み、ノーラの髪を撫でて）そういうことも、ときにはあるのよノーラ。

ノーラ　まったくの独りぼっち。どんなにつらいでしょう。わたしは可愛い子どもが三人いる。いまばあやと遊びに行ってるから会えないけど。でもあなたのこと全部話してくれなくちゃ――

リンデ夫人　いえいえ、それよりあなたのことを話して。

ノーラ　いいえ、あなたの話よ。今日はわたし、自分のことは考えない。今日はあなたのことだけを考える。そう、でも一つだけ言っとかなくちゃ。近ごろわたしたち、とってもいいことがあったの、知ってる？

リンデ夫人　いいえ。なあに？

ノーラ　あのね、主人が信託銀行[*27]の頭取になったの！

リンデ夫人　ご主人が？　まあ、何て運がいい――！

ノーラ　ええ、すごくね！　弁護士なんて収入が安定しないでしょう、特に、きちんとした仕事以外手を出そうとしないときは。もちろん、トルヴァルはそんなことする気はないし、わたしもそれにはまったく賛成。本当にうれしいのよわたしたち！　もう新年から銀行に行くんだけど、大した給料なの。歩合も高い。[*28]これからは、いままでとはずっと違った生活ができる、――好きな暮らしが。ああクリスティーネ、わたしとっても幸せなの、浮き浮きしてる！　だって、お金がうんとあって何の心配もないというのは、ほんとに素敵だもの。そうじゃない？

リンデ夫人　そうね、とにかく必要なだけあるのは素敵なことに違いない。

ノーラ　いいえ、必要なだけじゃなくてね、たくさんたくさんのお金よ！

リンデ夫人　（微笑して）ノーラノーラ、まだそんな子どもみたいなこと言ってるの？　学校時代はとんでもない無駄遣い屋だった。

ノーラ　（低く笑って）ええ、トルヴァルはいまもそう言ってる。（言いふくめるように、指を立てて）でも、《ノーラノーラ》はあなたたちが考えるような馬鹿じゃない。——無駄遣いなんてどうしてできる？　わたしたち働かなくちゃならなかったのよ二人とも。

リンデ夫人　あなたも？

ノーラ　そう、大したことじゃないんだけど。裁縫とか編物とか刺繍とか、（何気ない言い方で）ほかにもいろいろ。結婚したときトルヴァルが役所をやめたの知ってるでしょう？　あの人の部署じゃ出世の見込みがぜんぜんなかったのよ。でもやめてからは、それまで以上に働かないといけなかった。それで最初の一年で、ひどく体を悪くしてね。ありったけの内職をしたから、わかるでしょう、朝早くから夜遅くまで。とても耐えられなかったのね。生きるか死ぬかの病気になって、お医者さまから、南のほうに療養に行かないと助からないって言われたの。

リンデ夫人　そう。それでまる一年もイタリア[*29]へ行ってたのね？

ノーラ　そうなの。行くのは簡単じゃなかった。ちょうどイヴァールが生まれたばかりだったし。でも、もちろん行かないわけにはいかなった。ああ、素晴らしく素敵な旅行だったのよ。それでトルヴァルは助かった。でも、大変なお金のかかりようクリスティーネ。

リンデ夫人　そうでしょうね。

ノーラ　千二百ドル[*30]かかった。四千八百クローネ。すごくたくさんのお金よあなた。

リンデ夫人　ええ、でもそういうときに、とにかくそれだけのお金があったというのは幸運だったわね。

ノーラ　ええ、実を言うと、そのお金、パパからもらったの。

リンデ夫人　そうだったの。そう言えばちょうどあのころじゃなかった、お父さまが亡くなられたのは？

ノーラ　ええ、そうだった。見舞いに行くことも看病することもできなかった。イヴァールが生まれるのを今か今かと待ってたんだから。それに、かわいそうな病気のトルヴァルの世話もあったし。やさしいパパ！　パパとはそれきり会えなかったのクリスティーネ。結婚以来あんなつらい思いをしたことはなかった。

リンデ夫人　あなたはお父さまっ子だったものね。でもそれでイタリアに発ったってわけね？

ノーラ　ええ、お金はできたしお医者さまにはやかましく言われるし。一ヵ月後に発ったの。

リンデ夫人　で、ご主人はすっかり元気になられた？
ノーラ　お魚みたいにピチピチしてる。
リンデ夫人　でも――お医者さまは？
ノーラ　どうして？
リンデ夫人　ここに、わたしと一緒に来られた方、ドクトルってお手伝いさんが言ったように思うけど。
ノーラ　ああランク先生ね。でも往診じゃないの。先生はわたしたちのいちばんのお友だち、日に一度はきっといらっしゃる。ええ、トルヴァルはそれ以来一度も病気なんかしない。子どもたちも元気いっぱいだし、わたしだって。（とび上がって、手をたたき）ああ、何て何てクリスティーネ、幸せな生活って素晴らしい、素敵よ！　――あら、いやあねわたしって――自分のことばかりしゃべってる。（彼女のそばにある足台に座り、彼女の膝に両腕をのせ）ああ、怒らないでね！　――ねえ本当なの、あなたご主人のこと好きじゃなかったって？　じゃあどうして一緒になったの？
リンデ夫人　母が寝たきりで介護が必要だった。それに弟二人の世話もあったし。あの人の申し出を断るわけにはいかないと思ったの。
ノーラ　ええ、ええ、そのとおりね。ご主人はそのころお金持ちだったのね？
リンデ夫人　かなり裕福だったと思う。でも確実な事業じゃなかったのよノーラ。主人が亡くなるとみんなだめになってね、あとには何も残らなかった。

ノーラ　それで――？

リンデ夫人　ええ、それからというもの、小さなお店を開くとか、ちょっとした教室をはじめるとか[*31]、できることは何でもやった。この三年間は、休みなしで働いた長い一日だったような気がする。それもいまはお終い。かわいそうに母はあの世に行ってしまってもうわたしの世話は必要ないし、弟たちも、もう助けはいらない。仕事をもって独り立ちしてる。

ノーラ　ほっとしたでしょうね――

リンデ夫人　いいえ、何とも言えないうつろな気持。生き甲斐になる相手はもうだれもいない。（落ち着かなく、立ち上がり）だから、あれ以上あの田舎町にはいたくなかった。この町なら、気持をまぎらわせる仕事もきっと見つけやすいと思ったの。何かちゃんとした仕事をうまく見つけられるといいんだけど、事務仕事か何かで[*32]――

ノーラ　でもクリスティーネ、そんなのすごく大変でしょう。いまでさえ、とても疲れてるように見える。保養地[*33]にでも行ったほうがいいんじゃない？

リンデ夫人　（窓のほうに行き）わたしには旅費をくれるようなパパはいないのノーラ。

ノーラ　（立ち上がって）まあ、ごめんなさい！

リンデ夫人　（彼女のほうに行き）ノーラ、わたしこそごめんなさいね。わたしみたいになると心がひねくれてしまうの、いちばんいけないことなんだけど。働いてあげる人はいない。そのくせ、しょっちゅうあくせくしていなくちゃならない。生きてかなくちゃならないから利己的になっちゃう。あなたたちの生活に運が向いてきたって聞いたとき――ひどいわね――わたし、あなたのためより自分のために喜んだのよ。

ノーラ　どうして？　ああそうか。トルヴァルが何かしてあげられるかもしれないってことね。

リンデ夫人　ええ、そう思ったの。

ノーラ　そうよそうよクリスティーネ。わたしに任せといて。うまくやってみせる、とってもうまくね――何かいいことを言ってあの人をその気にさせる。ああわたし、あなたのお役に立てたらほんとにうれしい。

リンデ夫人　親切ねノーラ、そんなに熱心になってくれるなんて――生活の苦労を知らないんだから二倍にも親切。

ノーラ　わたしが――？　苦労を知らない――？

リンデ夫人　（微笑して）だってまあ、ほんのちょっとした裁縫とか何とか――。あなたは赤ちゃんよノーラ。

ノーラ　（ふんという感じで、部屋を歩き）そんな、人を見くだしたような言い方はやめて。

リンデ夫人　え？

ノーラ　みんなとおんなじね。わたしなんか、ほんとに大事なことでは役に立たないと思ってる――
リンデ夫人　まあまあ――
ノーラ　――このつらい世の中で、これということは何一つやったことがないと思ってる。
リンデ夫人　ノーラ、あなた、たったいま苦労したことを話してくれた。
ノーラ　ふん――ちっちゃなことだけね！（低く）まだ肝心なことを話してない。
リンデ夫人　肝心なこと？　何なの？
ノーラ　ずいぶんわたしを見くびってるのねクリスティーネ。でもやめて。あなたはお母さまのために長いあいだ苦労してきたことを自慢に思ってるでしょ。
リンデ夫人　わたしはだれも見くびってなんかいない。でもこれは本当。わたしは母の最後をいくらかでも楽にしてやれたと思うと、うれしいし誇らしい気になる。
ノーラ　それに、弟さんたちにしてあげたことも自慢に思ってる。
リンデ夫人　わたしにその資格はあると思うけど。
ノーラ　あると思う。でも言うけどねクリスティーネ。わたしだって自慢に思うことも、うれしくなることもあるのよ。
リンデ夫人　それはもちろんそうでしょう。でもどんなこと？
ノーラ　静かに。トルヴァルに聞かれないように！　あの人にはどんなことがあっても知られちゃいけない――。だれにも内緒なのクリスティーネ、あなただけよ。

リンデ夫人　でも何なの？

ノーラ　こっちに来て。（彼女を引っぱり、自分のそばのソファに座らせる）そうなの――わたしだって自慢に思うことはある。あのね、トルヴァルの命を救ったのはわたしなの。

リンデ夫人　救った――？　どうやって救ったの？

ノーラ　イタリアに旅行したって言ったでしょう。そうしないとトルヴァルは助からなかったかもしれない――

リンデ夫人　そうね、お父さまが必要なお金を出してくださった――

ノーラ　（微笑して）ええ、そう思ってる、トルヴァルもほかのみんなも。でも――

リンデ夫人　でも――？

ノーラ　パパからは一銭ももらわなかった。そのお金を作ったのはわたしなの。

リンデ夫人　あなたが？　そんな大金を？

ノーラ　千二百ドル。四千八百クローネ。どう思う？

リンデ夫人　でもノーラ、どうしてそんなことができたの？　宝くじ[*34]でも当てたの？

ノーラ　（ばかにして）宝くじ？　（鼻であしらって）それじゃ何も苦労したことにならないでしょ？

リンデ夫人　じゃ、どうして手に入れたの？

ノーラ　（ハミングしながら、秘密めかした微笑み）ふむ、トラ、ラ、ラ、ラ！
リンデ夫人　借りることはできないし。
ノーラ　そう？　どうしてできない？
リンデ夫人　だって、妻は夫の同意がなければ借金できないでしょ。[*35]
ノーラ　（ふんと首をたて）まあ、妻だってちょっとしたビジネスの才覚があれば、――妻でもちょっとした賢い手を知っていれば、そしたら――
リンデ夫人　ノーラ、何を言ってるんだかさっぱりわからない――
ノーラ　わかる必要はない。お金を借りたなんて言ってないのよ。ほかの方法で手に入れることもできるでしょう。（ソファの背にもたれ）わたしにはあちこちに崇拝者がいて、そういう人からもらうとか。わたしくらい魅力があれば――
リンデ夫人　ばかなこと言わないで。
ノーラ　そうら、好奇心が湧いてきたクリスティーネ。
リンデ夫人　ねえ、いいノーラ？　――あなたまさか、軽はずみなことをしたんじゃないでしょうね？
ノーラ　（身を起こして座り）夫の命を救うのが軽はずみなの？
リンデ夫人　軽はずみだと思う、ご主人の知らないところで――
ノーラ　だって、あの人には知られちゃいけなかったのよ！　ほんとに、わからない？　自分の病気がどんなに重いか、知ってはいけなかったの。お医者さまはわたしにだけおっしゃったのよ、あの人の命が危ないって。南で療養する以外、助かる道はないって。だからもちろん、はじめはなんとかごまかしで通そうとしてみた。よその若い奥さまたちみたいに外国旅行ができたらどんなにいいだろうって。泣いて頼みもした。わたしがただの体じゃないことを考えてほしいって。やさしく言うことを聞いてほしいって。それからちょっとほのめかしたの、お金は借りてもいいんじゃないかと。そしたらあの人、ほとんど怒り出したと言ってもいいくらい。わたしは無責任だって言うの。わたしの気まぐれやわがままにしたがわないのが夫としての義務だって。——そんなこと言ったのよ。ええ、ええってわたし思った、とにかくあなたを救わなくちゃ。それで抜け道を見つけた——

リンデ夫人　それでお父さまはご主人に、お金を出したのは自分じゃないってお話しにならなかったの？

ノーラ　ええ、ぜんぜん。ちょうどそのころパパは亡くなったから。わたしはパパに話して内緒にしてくれるように頼もうと思ったんだけど。病気が重く——残念ながらその必要もなかった。

リンデ夫人　そのあとも、ご主人に打ち明けてないの？

ノーラ　ええ、あたりまえよ、どうしてそんなこと？　トルヴァルはこういうことにとてもうるさいの！　それに――男の自尊心ってものがあるでしょう――わたしに何か借りがあると知ったら、きっと侮辱されたように感じてつらい思いをするに違いない。それでわたしたちの仲がだめになるかもしれない。幸せな家庭がもういまのままじゃなくなるかもしれない。

リンデ夫人　決して言わないつもり？

ノーラ　（考えて、少し微笑みながら）そうね――たぶんいつか――年をとって、わたしがもういまほど魅力がなくなったら。笑わないで！　わたしが言うのはね、つまり、トルヴァルがいまほどわたしのことを構わなくなって、あの人のために踊ったり扮装したり歌ったりしても、もう喜ばなくなったら、そのときは何か切り札を見せるのもいいかもしれない――（不意にやめて）馬鹿な馬鹿な馬鹿な！　そんなことには絶対にならない。――ね、どう思う、この大きな秘密のことクリスティーネ？　これでもわたし、何の役にも立ってない？　――あのね、これは並大抵の苦労じゃないのよ。期限どおりきちんとお金を返していくのはそりゃあ簡単じゃない。こういうのは商売の世界で四季払いって言うの、分割払いともね。ちゃんと払ってくのはいつもすごく大変だった。そのためにできるところで、あれやこれや倹約した。でも家事に使うお金はそんなに切りつめられないでしょ。トルヴァルにはちゃんとした生活をさせなきゃならないし、子どもたちにもボロを着せておくわけにはいかない。あの子たちのためにもらったお金はそのために使うべきだと思ったの。可愛い子どもたちなんだもの！

リンデ夫人　それで結局、自分のものを切りつめたのねノーラ？　かわいそうに。

ノーラ　そう、言うまでもない。わたしがいちばんそうしやすかったから。トルヴァルが、新しい洋服か何かを買えってお金をくれたときは、いつだって半分以上使ったことはない。いつもいちばん粗末な安い物を買うの。幸いわたしには何でもよく似合うからトルヴァルは気がつかなかったけど。でもつらいと思うことも多かったクリスティーネ。綺麗なものを着るのはやっぱり楽しいものね。そうじゃない？

リンデ夫人　そのとおりね。

ノーラ　それに、ほかにも収入の道があったの。去年の冬はうまい具合に筆写の仕事をたくさんもらえてね。部屋にこもって、毎晩、夜遅くまで書いてた。本当になんどもふらふらになった。でもそうやって働いてお金を稼ぐのはとっても面白かった。まるで男になったみたい[*36]。

リンデ夫人　で、そうやって、もうどれだけ返したの？

ノーラ　そうはっきりしたことはわからない。こういう取引にはね、わかりにくいことがたくさんあるのよ。わかっているのは、集められるかぎり全部払ってるってことだけ。もうどうしていいかわからなくなったこともずいぶんあった。（微笑して）そんなときはここに座ってよく想像したものよ、あるお年寄りの金持ちがわたしに恋をして――

リンデ夫人　何ですって！　どんな人？

ノーラ　まあ、馬鹿なこと！　――その人はいま亡くなった。遺言状を開いてみると、そこには大きな文字でこう書かれてある、《わが財産のすべては、愛すべきノーラ・ヘルメル夫人に、直ちに現金にて譲られるべし》。

リンデ夫人　でもノーラ、――それどういう人？

ノーラ　何よ、わからない？　そんな年寄りなんていやしない。ただ、お金をどう工面していいかわからないとき、ここに座ってよくそんなことを考えたというだけ。でももういいの。退屈な年寄りなんかどうでもいい、そんな人も遺言状ももう関係ない。だっていまはもう何の心配もなくなったんだもの。（とび上がり）ああ何て何て、考えただけでも嬉しくなるクリスティーネ！　心配しなくていい！　心配しないでいられる何の心配も。子どもたちと遊びまわることもできる。家の中を綺麗に気持よく飾ることもできる、トルヴァルの好みどおりに！　それに、もうすぐ春、真っ青な空。そしたらわたしたち、また旅行に出られるかもしれない。また海を見に行く。ああ、ああ、幸せな生活って何て素晴らしいんでしょう！

玄関で呼び鈴が鳴る。

リンデ夫人　(立ち上がり) 呼び鈴よ、わたし、おいとましたほうが。

ノーラ　いいえ、いいのよ。ここにはだれも来ないから。きっとトルヴァルに用事でしょ――

手伝い　(玄関ホールへのドアのところで) すみません奥さま、――弁護士先生にお会いしたいとおっしゃる方が――

ノーラ　頭取先生でしょ。

手伝い　はい頭取先生に。でもどうでしょう――ドクトルがいらしてますから――

ノーラ　どんな方?

弁護士クログスタ　(玄関ホールへのドアのところで) わたしです奥さん。

リンデ夫人は不意を打たれ、驚いて窓のほうへ体をそむける。

ノーラ　(一歩彼に近寄り、緊張して、小声で) あなた?　何ですか?　主人に何のご用?

クログスタ　銀行のことです――まあ。わたしは信託銀行に勤めているんですが、今度、ご主人が頭取になられたと聞いたものですから。

ノーラ　それは――

クログスタ　ただのつまらない仕事のことです奥さん、――ほかにはぜんぜん。

ノーラ　そう、それじゃどうぞ書斎のほうにおいでください。（そっけなく会釈し、彼女は玄関ホールへのドアを閉める。それから部屋を横切って暖炉の具合を見る）[*37]

リンデ夫人　ノーラ、――どなたあの方？

ノーラ　弁護士のクログスタとかいう人。

リンデ夫人　やっぱりあの人。

ノーラ　知ってるの？

リンデ夫人　知ってた――昔ね。一時わたしたちの町の法律事務所に勤めていたから。

ノーラ　ええ、そうだった。

リンデ夫人　ずいぶん変わったわね。

ノーラ　結婚したあと幸せじゃなかったらしい。

リンデ夫人　いまは独りなんでしょう？

ノーラ　お子さんがたくさんいて。さあ、これで燃えてきた。

彼女は暖炉の口を閉め、揺り椅子を少し脇へずらす。

リンデ夫人　いろんな仕事に手を出しているそうね？

ノーラ　そう？　そうかもしれない。何も知らないけど――。でも仕事の話はよしましょう。面白くもない。

ドクトル・ランクが、ヘルメルの部屋から出てくる。

ドクトル・ランク　（まだドアのところで）いやいや君――邪魔はしたくない。しばらく奥さんのところに行ってる。（ドアを閉め、リンデ夫人に気づいて）ああ、これは失礼。ここでもお邪魔ですね。

ノーラ　いいえ、とんでもない。（紹介する）こちらランク先生、リンデさん。

ランク　なるほど、ここじゃよく耳にするお名前ですよ。たしか階段の途中[*38]でわたしが追い越した方ですね。

リンデ夫人　はい、ゆっくりのぼるものですから。階段はだめなんです。

ランク　おや、どこかお体の悪いところでも？

リンデ夫人　ただの過労なんですが。

ランク　それだけ？　じゃあ、この町で少しくつろごうというわけですか、パーティやなんかで？

リンデ夫人　わたくし仕事を探しにまいりましたの。
ランク　それは何か過労に効く処方と言えますかね？
リンデ夫人　人は生きていかなくちゃなりません先生。
ランク　ええ、それが何よりも大事だと、みんな言いますね。
ノーラ　まあ、そんなことおっしゃって――先生だって生きていたいでしょ。
ランク　むろんです。どんなにつらくても、生きるための痛みならいつまでもこらえますよ。わたしの患者もみんなそう言います。それは道徳病の場合でも同じでね。ちょうどいま、ヘルメルのところにそういう道徳病患者が一人いますが――
リンデ夫人　（低く）ああ！
ノーラ　だれのこと？
ランク　弁護士のクログスタという男です。奥さんはご存じないでしょう。彼は性根が腐ってるんです。でも、その彼でさえ、何かごたいそうに、どうでも生きていかなくちゃならないって言ってましたよ。
ノーラ　そう？　あの人、トルヴァルに何の用があるんでしょう。
ランク　よくはわかりませんが、何でも信託銀行のこととか。
ノーラ　知らなかった、あのクログ――弁護士のクログスタさんが、信託銀行に関係してるなんて。

ランク　ええ、あそこで働いてるんです。（リンデ夫人に）どうですか、あなたの町にもそういう連中がおりますか。道徳的に欠陥のある者を嗅ぎ出すと、すぐにそいつを何か割のいい地位につけて気をくばる、そういった連中が。おかげで健全な者はおいてけぼりを食う。

リンデ夫人　でも病気の人こそ、いちばん看護が必要でしょう。

ランク　（肩をすくめ）それそれ。そういう考えが社会を病院にしちまうんです。[*39]

ノーラは、独り考え込んでいたが、突然低く笑い出し、手をたたく。

ランク　どうして笑うんです？　あなたに社会というものがわかるんですか？

ノーラ　退屈な社会のことなんかどうだっていい。[*40]笑ったのはぜんぜん別のこと――とっても面白いこと。――ねえランク先生――銀行で働いてる人はみんな、これからトルヴァルの部下になるのね。

ランク　それがそんなに面白いことですか？

ノーラ　（にこにこして、ハミングしながら）いいのいいの！（部屋を歩きまわり）ああ、ほんと、たまらなく愉快、考えただけでも、わたしたちが――トルヴァルが、大勢の人を左右できるなんて。（ポケットから袋をとり出し）ランク先生、小さなマカロンをお一ついかが？

ランク　あれあれマカロンだ。ここじゃ禁じられてると思ったが。

ノーラ　ええ、でもこれはクリスティーネにもらったの。

リンデ夫人　ええ？　わたし――？

ノーラ　まあまあまあ、びっくりしないで。もちろんトルヴァルがこれを禁じてるなんて知らなかったのよね。あのね、あの人、わたしが歯を悪くしないか心配してるの。でも、ちぇっ――いっぺんくらい――！　そうでしょうランク先生？　さ、どうぞ。（彼の口にマカロンを入れる）あなたもクリスティーネ。そしてわたしも一ついただく。ほんの小さいのを一つ――それとも、二つだけ。（再び歩きまわり）ああ、ほんとに何て何て幸せ。いま、どうしてもやってみたいことが一つだけある。

ランク　そう？　何です？

ノーラ　それはね、トルヴァルに言ってやりたくてたまらないこと。

ランク　でも、どうして言えないんです？

ノーラ　いいえだめよ、ひどい言葉なんだもん。

リンデ夫人　ひどい？

ランク　ああ、そりゃあいけない。でもわれわれにならいいでしょう――。何ですかその、ヘルメルに言ってやりたくてたまらないことって？

ノーラ　どうしても言ってやりたいのはね、〈くたばれ、こん畜生〉[*41]。
ランク　とんでもない！[*42]
リンデ夫人　何てことをノーラ――！
ランク　そうら、言って言って。彼が出てきます。
ノーラ　（マカロンの袋を隠し）しっ――！

ヘルメルが外套を腕に、帽子を手にもって、部屋から出てくる。

ノーラ　（彼に向かって）まあトルヴァル、お客さまはもうすんだの？
ヘルメル　ああ帰った。
ノーラ　紹介させて――。こちらクリスティーネ、町に着いたばかり。
ヘルメル　クリスティーネ――？　失礼ですがどなただか――
ノーラ　リンデさんよトルヴァル、――クリスティーネ・リンデさん。
ヘルメル　ああそう。たぶん家内の幼友だち？
リンデ夫人　はい、昔、親しくしていただきました。
ノーラ　それでね、この人、あなたに会うためにはるばるやって来たの。
ヘルメル　どういうことですか？

リンデ夫人　いえ別にその――

ノーラ　あのね、クリスティーネには大変な事務の才能があるの。それで、どうしてもしっかりした人について、これまで以上に腕を磨きたいという強い望みをもっているのよ――

ヘルメル　結構ですね奥さん。

ノーラ　それでね、あなたが銀行の頭取になったと聞いたものだから――新聞の電報[*43]欄に出てたんですって――それでとるものもとりあえずこの町に来たってわけ、そして――ねえトルヴァル、あなた、わたしのためにも、何かクリスティーネのお役に立てるよね？　どう？

ヘルメル　まあ、できない相談じゃないね。奥さんは、たぶん、いまお独り？

リンデ夫人　はい。

ヘルメル　で、事務の経験がおありになる？

リンデ夫人　はい、かなり。

ヘルメル　それなら、おそらく仕事を見つけて差し上げられると思いますよ――

ノーラ　（手をたたいて）ほうらほうら！

ヘルメル　ちょうどいいときにいらっしゃいましたよ奥さん――

リンデ夫人　まあ、何とお礼申したらよいか――？

ヘルメル　とんでもない。（外套を着て）しかし、今日はこれで失礼します――
ランク　待ってくれ、一緒に行く。（玄関から毛皮の外套をとってきて、それを暖炉で暖める）
ノーラ　あまり長くならないでねトルヴァル。
ヘルメル　一時間か、そんなもんだ。
ノーラ　あなたも行くのクリスティーネ？
リンデ夫人　（身支度をしながら）ええ、おいとまして部屋を探さなくちゃ。
ヘルメル　それじゃ、下の通りまでご一緒しましょう。
ノーラ　（彼女を手伝いながら）ほんとにうちが狭くていまいましい。でもどうしようもないの――
リンデ夫人　まあ、何言ってるの！　さようならノーラ、いろいろありがとう。
ノーラ　じゃあしばらくね。今晩また来てくれるでしょ。あなたもよランク先生。なあに？元気だったら？　元気に決まってるでしょ。ちゃんと暖かくするのよ。

一同、話しながら玄関へ出る。外の階段から子どもたちの声が聞こえてくる。

ノーラ　帰ってきた！　帰ってきた！

彼女は駆け寄ってドアを開ける。乳母のアンネ・マリーエが子どもたちと入ってくる。

ノーラ　お入りお入り！（かがんで子どもたちにキスをし）ああ、可愛い子可愛い子――！どうクリスティーネ？　可愛いでしょう！

ランク　こんな吹きっさらしで、おしゃべりはだめだ！

ヘルメル　行きましょうリンデさん。こうなったら、母親以外どうしようもありませんから。

ドクトル・ランク、ヘルメル、リンデ夫人の三人は、階段を下りて行く。乳母が子どもたちと一緒に部屋に入る。ノーラも入って、玄関ホールへのドアを閉める。

ノーラ　元気いっぱいねあなたたち。まあ、頬っぺた真っ赤にして！　リンゴかバラみたい。（次のせりふの間、子どもたちも彼女に話している）そんなに面白かったの？　よかったわね。まあ、エンミーとボッブをソリに乗せて引いたの？　何てこと、二人一緒に！　ええ、すごいねイヴァール。ああ、ちょっと抱かせてアンネ・マリーエ。可愛いお人形さん！（末っ子を乳母から抱きとり、一緒に踊る）ええ、ええ、ボッブとも踊るわよ。なあに？　雪投げをしたって？　まあ、ママもやりたかった！　ああ、それはいいアンネ・マリーエ、わたしが脱がせる。[*44] いいえ、わたしにさせて。面白いんだもの。もう行っていいよ。凍えてるじゃないの。温かいコーヒーがオーブンにあるから飲んで。

乳母は左手の部屋へ去る。ノーラは子どもたちのオーバーなどを脱がせ、その辺に投げ散らす。そのあいだ、子どもたちは互いにしゃべり合っている。

ノーラ

そうなの？　それで大きな犬が追いかけてきたの？　でも咬まなかった？　そうね、犬は可愛いお人形さんたちを咬みはしない。その包みはだめイヴァール！　それ、何かって？　ええ、知りたいんでしょ。でも、だめだめ、いやあなものなの。そう？　遊びたい？　何して遊ぶ？　隠れんぼう。[*45] じゃあ隠れんぼうしましょう。ボッブが最初に隠れるのよ。ママが先？　よし、じゃママが先に隠れる。

彼女と子どもたちは笑ったり、はしゃいだりしながら、この部屋と右手の部屋で遊ぶ。最後にノーラがテーブルの下に隠れる。子どもたちがどっと入ってきて彼女を探すが、見つけられない。ノーラのくすくす笑いを聞いて、テーブルに駆け寄り、テーブル・クロースをあげ、彼女を見つける。わあっという歓声。ノーラは這い出てきて子どもたちを脅かす。またもや歓声。そのあいだに、入口のドアをノックする音が聞こえるがだれも気づかない。やがてドアが半分開いて弁護士のクログスタがあらわれ、しばらく待っている。遊びがつづく。

クログスタ　ごめんくださいい奥さん――

ノーラ　（低く叫んで、振り返り、半ばとび上がる）あっ！　何ですか？

クログスタ　すみません、外のドアが開いていたものですから。どなたか閉め忘れたんじゃないでしょうか――

ノーラ　（立ち上がり）主人はおりませんがクログスタさん。

クログスタ　知っています。

ノーラ　そう――じゃ、何のご用ですか？

クログスタ　奥さんとちょっとお話を。

ノーラ　わたくしと――？（子どもたちに、小声で）ばあやのところに行っててね。なあに？いいえ大丈夫、よそのおじさんは悪さはしない。お帰りになったらまた遊びましょう。

ノーラは、子どもたちを左手の部屋へ入れてドアを閉める。

ノーラ　（不安げに、緊張して）わたくしとお話ししたいって？
クログスタ　ええ、そうです。
ノーラ　今日――？　でも、まだ月はじめじゃありませんが――
クログスタ　ええ、今日はクリスマスイブです。クリスマスが楽しいものになるかどうかは、奥さん次第です。
ノーラ　何がお望みですか？　わたし今日はまだぜんぜん――
クログスタ　そっちの話はやめておきましょう。実は別のことなんです。少しお時間をいただけますか。
ノーラ　ええまあ、もちろん、でも――
クログスタ　結構です。わたしはオルセンのレストランにいて、ご主人が通りを行かれるのを眺めていました――
ノーラ　ええ。
クログスタ　――ご婦人と一緒に。
ノーラ　それで、何ですか？
クログスタ　ざっくばらんにおたずねしますが、あの方はリンデさんじゃありませんか？
ノーラ　そうです。

クログスタ　町に着いたばかり？
ノーラ　ええ今日。
クログスタ　親しいお友だちですね？
ノーラ　そうです。でも何だってそんなこと——
クログスタ　わたしも昔、知っていました。
ノーラ　そうですってね。
クログスタ　そう？　もうご存じですか。そうでしょうね。それなら単刀直入にお聞きします、リンデさんは信託銀行で仕事をすることになりますか。
ノーラ　あなた、よくもまあ、わたくしにたずねようっていうんですか、主人の部下のくせに？　でも折角ですからお答えしましょう。ええ、リンデさんは銀行で働きます。それも、わたくしがお膳立てしたんですクログスタさん。おわかりでしょう。
クログスタ　思ってたとおりです。
ノーラ　（部屋を行ったり来たりして）まあ、人はいつでもちょっとした影響力くらいもってるものですよ。女だからって、言うまでもないことで——。部下の立場にあるものが機嫌をとっておく必要があるのは、だれか——ふん——。
クログスタ　——影響力のある人？
ノーラ　そのとおり。

クログスタ　（調子を変え）奥さん、お願いです、その影響力をわたしのために使ってくださいませんか。

ノーラ　え？　どういうことですか？

クログスタ　銀行の部下として仕事をつづけられるように、力をかしていただきたいということです。

ノーラ　どういうこと？　だれか、あなたのお仕事をとろうと考えてるんですか？

クログスタ　そんな、知らないふりをすることはありませんよ。あなたのお友だちがわたしと仲良く仕事をするなんてことがないのはよくわかってるんです。それにいまは、わたしが追い出されるのを、だれにお礼申し上げればいいかもわかりました。

ノーラ　でも申しますけど――

クログスタ　ええ、ええ、ええ、はっきり言いましょう。まだ余裕はあります。奥さんの影響力でわたしの解雇をとりやめるよう計らってください。ご忠告します。

ノーラ　でもクログスタさん、わたくし影響力なんてぜんぜんありません。

クログスタ　そうですか？　たったいまご自分でおっしゃったと思いましたが――。

ノーラ　そんな意味で言ったんじゃありませんもちろん。わたしが！　主人にそんな力をもっているなんてどうして考えられます？

クログスタ　ああ、ご主人のことは学生時代からよく知っています。頭取がほかの女房もちの男より融通が利かないとは思いませんね。

ノーラ　主人のことを悪く言う人は出ていっていただきます。

クログスタ　奥さんは気がお強い。

ノーラ　あなたなんかもう怖くありません。お正月が過ぎたらすべて綺麗さっぱりかたづけます。

クログスタ　（気持を抑えて）いいですか奥さん、わたしはいざとなれば、銀行の小さな仕事でも命がけで守るつもりですよ。

ノーラ　ええ、本当にそのようですね。

クログスタ　それは収入のためだけじゃないんです。収入なんかいちばんどうでもいいこと。別の問題が――。まあ、言っちゃいましょう！　こうなんです。わたしは数年前に軽はずみから法にふれることをしてしまいました。あなたも世間の噂はもちろんご存じでしょう。

ノーラ　何かそんなことは聞いたように思います。

クログスタ　裁判沙汰にはなりませんでした。でもとたんに、あらゆる道が塞がれてしまったんです。そこで、ご存じのような商売[*46]をはじめました。何かしなくちゃなりませんからね。まあ、申し上げれば、わたしより悪いやつはいくらもいます。でもわたしはいま、こういうことすべてから抜け出したいんです。息子たちも大きくなりました。

ノーラ　息子たちのために、もう一度できるだけ人並みの扱いを受けるようになりたいんです。銀行の仕事はいわば梯子の最初の一段でした。それなのにご主人はわたしを梯子から蹴落とそうとする。それでわたしはまた下のどぶに落ちこむんです。

クログスタ　でも、そんなことおっしゃったってクログスタさん、わたしにはお助けする力なんかぜんぜんありません。

ノーラ　それは助けるお気持がないからです。でもわたしは、奥さんを動かす手を知っていますよ。

クログスタ　まさか、あなたにお金を借りていることを主人に話そうというんじゃないんでしょうね？

ノーラ　ふん、もし話したら？

クログスタ　そんなの恥知らずってことよ。（涙がこみあげてきて）この秘密、わたしの喜び、自慢の種なのに、そんな汚いやり方で主人に知られるなんて——あなたから知られるなんて。わたしにそんなたまらなく嫌な思いをさせるつもり——。

ノーラ　ただ嫌な思いをするだけですか？

クログスタ　（烈しく）でもやってごらんなさい。あなたがひどい目にあうだけよ。だってそうなれば、あなたがどんな悪い人か主人にもわかるでしょうから。銀行の仕事は絶対につづけられなくなる。

クログスタ　わたしがおたずねしたのは、奥さんの心配は、ただ家の中で嫌な思いをすることだけなのかということです。

ノーラ　もし主人が知ったら、すぐに残りのお金を全部払って、あなたとは何の関係もなくなります、言うまでもない。

クログスタ　（一歩近寄り）ねえ奥さん、――あなたは物覚えがあまりよくないか、それとも商売のことをよくご存じないか、どちらかですね。この問題をもう少し詳しくお話ししましょう。

ノーラ　どういうこと？

クログスタ　ご主人がご病気のとき、奥さんはわたしのところに千二百ドル借りにこられた。

ノーラ　ほかに知っている人がいなかったんです。

クログスタ　それでわたしは、そのお金をお貸しすることを約束しました――

ノーラ　たしかに貸してくださった。

クログスタ　お貸しする約束をしたのはある条件づきでです。あのころ奥さんはご主人のご病気のことで頭がいっぱいで、ただ旅費を手に入れたいと一所懸命になっておられましたから、それに伴うもろもろの条件についてはあまり注意を払われなかったんだと思います。ですから、それをもう一度お聞かせするのも無駄ではないでしょう。いいですか、わたしがお金をお貸しすると約束したのは、用意した借用証と引き換えにです。

クログスタ　ええ、わたし、それに署名しました。

ノーラ　そうです。でもわたしはお父さまにも保証人になっていただくよう、その下に二、三行分あけておきました。そこにお父さまは署名をなさるはずでした。

クログスタ　はずでした——？　父はもちろん署名しました。

ノーラ　わたしは日付を書き入れずにおきました。お父さまがそれに署名されたとき、日付も入れていただこうと思ったものですから。ご記憶ですか？

クログスタ　ええ、そう思います。

ノーラ　それから、借用証をお父さまに郵送するように申して、あなたにお渡しした。そうですね。

クログスタ　ええ。

ノーラ　あなたはもちろんすぐに郵送された。五、六日して、あなたはお父さまの署名入りの借用証をもってこられた。そうしてご入用のお金を受けとられた。

クログスタ　ええ、それで、きちんきちんと返していませんか？

ノーラ　おられますたしかに。しかし——いまの話に戻りますと、——あのころは、あなたにとって大変つらい時期でしたね奥さん？

ええ、そうでした。

クログスタ　お父さまはご病気がとても重くなられてた。
ノーラ　重態でした。
クログスタ　それで間もなくお亡くなりになった？
ノーラ　ええ。
クログスタ　ねえ奥さん、もしか、お父さまの亡くなられた日を覚えておいでですか？　つまり、何月何日か。
ノーラ　パパは、九月二十九日に亡くなりました。
クログスタ　そのとおりです。――わたしも調べてみました。ところがそうすると、どうも妙なことが一つあるんです。（一枚の紙をとり出し）どうにも説明のできないことが。
ノーラ　妙なことって？　わたくしには――
クログスタ　妙だというのは奥さん、お父さまは亡くなられてから三日後に、この証書に署名しておられるんです。
ノーラ　どういうこと？　よくわかりませんが――
クログスタ　お父さまは九月二十九日に亡くなられた。でもここをごらんなさい。お父さまが署名された日は十月二日となっています。妙じゃありませんか奥さん？

ノーラは沈黙。

クログスタ　これを説明していただけますか？

ノーラは、なおも沈黙。

クログスタ　それからまた、年月日の筆蹟がお父さまのものでなく、わたしに見覚えのある別の筆蹟だというのも変なことです。まあ、それはわからないでもありません。お父さまが署名されたとき日付を書き忘れ、あとでだれかが、お亡くなりになったのを知る前に、いい加減に書き入れたということも考えられます。それは別に問題じゃありません。問題は署名のほうなんです。これはむろん本物でしょうね奥さん？　お父さまが間違いなく、ご自分で署名されたんですね？

ノーラ　（しばしの沈黙のあと、頭をつんと立て、挑むように相手を見る）いいえ違います。パパの名前を書いたのはわたくしです。

クログスタ　ちょっと奥さん、――おわかりですか、それは重大な告白ですよ。

ノーラ　どうして？　お金はもうすぐ全部お返しします。

クログスタ　それじゃお聞きしますが、――どうして借用証をお父さまに送られなかったんですか？

ノーラ　できませんでした。パパは重病だったし、もし署名を頼めばお金を何に使うか言わなくちゃならなかったでしょう。主人の命が危ないなんて重病のパパにはとても話せませんでした。そんなこと、とてもできませんでした。

クログスタ　それなら外国旅行をやめればよかったんです。

ノーラ　いいえ、それはできませんでした。旅行に行かないと主人の命は救えなかったんですから。どうしてもやめるわけにいきませんでした。

クログスタ　しかし、これはわたしに対する詐欺行為だとはお考えにならなかったのですか？

ノーラ　そんなこと、ぜんぜん思いもしなかった。あなたのことなんか少しも気にかけていませんでした。わたし、あなたが主人の容態の悪いのを知りながら、面倒なことばかりおっしゃるのに我慢できなかったんです。

クログスタ　奥さん、あなたはご自分のされたことが本当にはどういうことか、まだよくわかっていらっしゃらない。申し上げますが、わたしがかつてやったこと、つまりわたしの日ごろの評判を台なしにしてしまったことも、実はそれとまったく同じことだったんですよ。

ノーラ　あなたが？　あなたも奥さまの命を救うために何か特別なことをしたんだと言うんですか？

クログスタ　法律は動機をたずねません。[*47]

ノーラ　じゃあ、それはくだらない法律よ。

クログスタ　くだらなくても何でも、――わたしがこの証書を裁判所に出せば、あなたは法律にしたがって罰せられます。

ノーラ　わたしはそう思わない。娘には死にかけている父親に心配をかけずにすませる権利がないんですか。妻には夫の命を救う権利がないんですか。法律のことはよくわかりませんけど、どこかに、そういうことは許されるって書いてあるに違いないと思う。その条文を弁護士のあなたがご存じないなんて、大した法律家とは言えませんねクログスタさん。

クログスタ　そうかもしれません。しかしこの問題――いまわれわれ二人が話している問題については――わたしはよくわきまえていますよ、おわかりですね？　いいでしょう。あとはお好きなようになさってください。しかし申し上げておきますが、もしわたしがまたもや追い立てられることになったら、そのときは、あなたも道連れになっていただきます。

クログスタは礼をして、玄関ホールを通って出て行く。

ノーラ　（しばらく考え込んでいるが、ふんと首を立て）ああ、何よ！　――脅かそうたってだ

子どもたち　めよ！　わたしはそんな単純じゃない。（子どもたちの衣服をかたづけにかかるが、すぐにやめて）でも——？　——いいえ、そんなことありっこない！　わたしは愛情からしたんだもの。

ノーラ　（左手のドアのところで）ママ、よそのおじさん門から出て行ったよ。

子どもたち　ええ、ええ、わかってる。でも、よそのおじさんのことはだれにも言わないのよ。わかった？　パパにもよ！

ノーラ　わかったママ。でも、また遊んでくれる？

子どもたち　いえいえ、いまはだめ。

ノーラ　だってママ、約束したじゃない？

ノーラ　ええ、でもいまはだめなの。さあ、向こうに行ってて。ママたくさんお仕事があるのよ。向こうに、ね、行っててちょうだい、いい子だから。

彼女はやさしく子どもたちを部屋に入れてドアを閉める。

ノーラ　（ソファに座って刺繍をとり上げ、いく針か縫うが、すぐにやめて）だめだ！（刺繍を投げ出し、立ち上がって玄関ホールへのドアに行き、呼ぶ）へレーネ！　クリスマス・ツリーをもってきてちょうだい。（左手のテーブルへ行き、テーブルの引き出しを開ける。

手伝い　またやめて）いいえ、そんなこと絶対にありっこない！
ノーラ　（ツリーをもってきて）どこにおきましょうか奥さま？
手伝い　そこ、真ん中にね。
ノーラ　ほかには何か？
いいえありがとう。必要なものはみんなある。

手伝いはツリーをおいて、去る。

ノーラ　（クリスマス・ツリーを飾りながら）ここに明かりをつける――ここには花。――いやな男！　馬鹿な馬鹿な馬鹿な！　何も悪いことなんかない。クリスマス・ツリーを飾る。あなたの好きなことは何でもするトルヴァル。――あなたのために歌もうたう、ダンスもする――

ヘルメルが、書類の束を腕にかかえ、外から入ってくる。

ノーラ　あら――もうお帰り？
ヘルメル　うん。だれか来てたのか？

ノーラ　ここに？　いいえ。
ヘルメル　おかしいな。クログスタが門を出て行くのを見たんだが。
ノーラ　そう？　ああ、そうそう、クログスタがちょっと来てた。
ヘルメル　ノーラ、顔に書いてある、あいつはおまえに頼みに来たんだろう。あいつのためにうまく口をきいてくれって。
ノーラ　ええ。
ヘルメル　しかも、おまえが自分から言い出すことにして、あいつが来たことは内緒にしてくれって？　そう言われたんだろう？
ノーラ　ええトルヴァル、でも――
ヘルメル　ノーラノーラ、それでうんと言ったのか？　あんな男と話をして、約束までするなんて！　そのうえおれに嘘をつくとは！
ノーラ　嘘をつく――？
ヘルメル　ここにだれも来なかったと言わなかったかな？（指で脅かし）おれの小鳥ちゃんは二度とそんなことをするんじゃない。小鳥は綺麗な声でさえずって、決して間違った調子を出すんじゃない。（彼女の腰を抱いて）そうだろう？　わかってるわかってる。（彼女を離し）さあ、この話はもうやめだ。（暖炉の前に座り）ああ、ここはあったかくていい気持だ。（書類にちょっと目を通す）

ノーラ　（クリスマス・ツリーを飾る。ややあって）トルヴァル！
ヘルメル　うん。
ノーラ　わたし、あさってのステンボルグさんのところの仮装舞踏会、とっても楽しみにしてる。
ヘルメル　おれは、おまえがどんな格好でびっくりさせるかとっても興味がある。
ノーラ　ああ、馬鹿な考えばかり。
ヘルメル　ええ？
ノーラ　いいのが思いつかない。みんな馬鹿げていて、つまらないものばかり。
ヘルメル　可愛いノーラはやっとそれを悟ったのか？
ノーラ　（ヘルメルの椅子の後ろで、椅子の背に腕をおき）お忙しいのトルヴァル？
ヘルメル　ああ――
ノーラ　何の書類？
ヘルメル　銀行の。
ノーラ　もうはじめてるの？
ヘルメル　今度やめる重役から、人事異動と業務計画について必要な変更を加える全権を渡してもらったんだ。クリスマスの休暇を使って、新年までには全部きちんとしておきたい。

ノーラ　それでなの、かわいそうにクログスタが――

ヘルメル　ふん。

ノーラ　（まだ椅子の背にもたれかかり、ヘルメルのうなじの髪をゆっくり撫でながら）もしそんなにお忙しくないんだったら、わたし、とっても大きなお願いがあるんだけどトルヴァル。

ヘルメル　言ってごらん、何だ？

ノーラ　あなたほど趣味のいい人はほかにいない。わたし、仮装舞踏会でみんなをあっと言わせたいの。ねえトルヴァル、助けてくれない？　わたし、何になってどんな衣裳をつけたらいいか決めてほしいの。

ヘルメル　おや、可愛い頑固屋さんが助け舟を求めてるのか？

ノーラ　そうなのトルヴァル、あなたの助けなしじゃ何もできない。

ヘルメル　わかったわかった、考えてやるよ。いい知恵も浮かぶだろう。

ノーラ　まあ、やさしいのね。（またクリスマス・ツリーのところに来る。間）赤い花がとっても綺麗。――でもねえ、あのクログスタがやったことって、そんなに悪いことだったの？

ヘルメル　にせの署名をしたんだ。どういうことかおまえにわかるかな？

ノーラ　切羽つまってやったんじゃないかしら？

ヘルメル　そうかもしれない、それともよくあるように、軽はずみからか。おれはそんなささいな過ちのために、一人の男を罪びと扱いするほど無慈悲じゃない。
ノーラ　ええ、そうよねトルヴァル！
ヘルメル　大方の人間は道徳的に立ち直ることができる、もし自分の罪をはっきりと認めて、その罰を甘んじて受けさえすれば。
ノーラ　罰を――？
ヘルメル　しかしクログスタはそうしなかった。あいつはごまかしで切り抜けてしまった。そこなんだよ、あいつが道徳的に腐ってるというのは。
ノーラ　それだから――？
ヘルメル　考えてもみろ、そういう罪を隠してる人間は、どこにいても嘘をついて、偽善者ぶってなくちゃならん。仮面をかぶってる、親しいものにさえ、そう、妻や子どもにまで。子どもにまでだよ。そんな恐ろしいことがあるだろうかノーラ。
ノーラ　どうして？
ヘルメル　そういう嘘から出る悪臭は家庭のすみずみまで病原菌をまき散らす。そういう家では子どもの吸う一息一息に汚辱の種がつまっている。
ノーラ　（ヘルメルの後ろに近づき）本当にそう思う？
ヘルメル　ああおまえ、おれは弁護士としてそういう例をいくらも見てきた。早くから堕落する人間は、母親が嘘つきだったというのが多い。

ノーラ　どうして——母親？

ヘルメル　母親のせいというのがいちばん多い。むろん父親だって同じだ。弁護士ならだれだって知ってる。それなのにあのクログスタは、家にいても四六時中、嘘とごまかしで子どもたちを毒している。だからだよ、あいつを道徳的に腐った人間だというのは。（ノーラに両手を差し出して）だからおれの可愛いノーラは、あんな男のことは口にしないと約束してくれ。さあ手を出して。うん？　どうした？　手をかして。よし。これでいい。ほんとに、あいつと一緒に仕事をするなんてとてもできた相談じゃない。ああいう男のそばでは文字どおり吐き気を催す。

ノーラ　（ヘルメルから手を引いて、ツリーの向こう側に行く）ここはなんて暑いんだろう。それにまだまだすることがある。

ヘルメル　（立ち上がり、書類をそろえる）うん、おれも食事前にこれに少し目を通しておこう。おまえの衣裳のことも考えなくちゃ。それからたぶん、金紙に包んでクリスマス・ツリーにさげるものも用意しなくちゃな。（彼女の頭に手をおいて）ああ、おれの大切な小鳥ちゃん。

彼は自分の部屋に入り、ドアを閉める。

ノーラ　（沈黙のあと、低く）まさか！　そんなことない。あるはずがない。そうに決まってる。

乳母　（左手のドアで）お子さんたちが、ママのところに来てもよいか、お行儀よく聞いております。

ノーラ　いえいえいえ、ここには来させないで！　あの子たちのところにいてやってアンネ・マリーエ。

乳母　はいはい奥さま。（ドアを閉める）

ノーラ　（恐れで青くなり）子どもたちを堕落させる――！　家庭を毒する？　（短い間。頭を立て）そんなの嘘よ。絶対に絶対に嘘。

第二幕

同じ部屋。舞台奥の隅にあるピアノのそばに、クリスマス・ツリーが立っている。飾りはほぎとられ、*48 乱雑で、燃え残りのローソクがついているだけ。ノーラの外套がソファの上においてある。

ノーラが一人で、落ち着きなく部屋の中を歩いている。やがてソファのそばで止まり、コートをとり上げる。

ノーラ　（コートをまた落とす）だれか来た！（ドアのほうに、聞き耳を立て）いいえ——だれもいない。当然よ——今日はだれも来ない、クリスマスの最初の日*49なんだから——明日だって。——でも、もしかして——（ドアを開けて外をのぞく）いいえ、郵便受けには何もない。空っぽ。（部屋を行き来する）ああ妄想よ！　あの人、もちろん本気でするつもりはない。そんなこと起こるはずがない。あり得ない。わたしには小さな子どもが三人もいるんだもの。

乳母が大きなボール箱をもって、左手の部屋から入ってくる。

乳母　ほうら、仮装用の衣裳箱をやっと見つけましたよ。
ノーラ　ありがとう。テーブルの上においてて。
乳母　（そうする）でも、ずいぶん傷んでおりますね。
ノーラ　ああ、切れ切れに引き裂いちまいたい！
乳母　とんでもない。すぐに直せますよ、ちっとの辛抱ですよ。
ノーラ　ええ、リンデさんを呼びに行こう、助けてほしいって。
乳母　またお出かけ？　こんなひどいお天気に？　ノーラ奥さまは風邪をひいて——ご病気になりますよ。
ノーラ　ああ、それが何だっていうの。——子どもたちはどうしてる？
乳母　おかわいそうに、クリスマスのプレゼントで遊んでおります。でも——
ノーラ　わたしのこと、聞く？
乳母　いつもママと一緒なんですから。
ノーラ　ええ、でもねアンネ・マリーエ、これからはいままでみたいに一緒にいてやれないの。

乳母　ま、子どもは何にでも慣れるものですよ。

ノーラ　そう思う？　ママがずっと遠くに行ってしまったら、ママのこと忘れてしまうと思う？

乳母　とんでもない。――ずっと遠くだなんて！

ノーラ　ねえ、教えてアンネ・マリーエ、――いつも不思議に思ってたの、――おまえ、自分の子どもを人に渡す気にどうしてなれたの？

乳母　だって、そうするほかなかったんですよ。ちっちゃなノーラにお乳をあげなくちゃなりませんでしたからね。

ノーラ　ええ、でも自分からそうしたいと思ったの？

乳母　どこでこんな結構な扱いをしてもらえますでしょう？　不幸せな貧[*50]しい娘には願ったりでしたよ。あのロクでなしは何もしてくれませんでしたからね。

ノーラ　でも、娘さんはきっとおまえを忘れてしまったでしょう。

乳母　いいえ、とんでもありません。手紙をくれました、堅信礼を受けたときも[*51]、結婚したときも。

ノーラ　(彼女の首に抱きつき)ばあや、おまえはわたしが小さかったとき、いいお母さんだった。

乳母　ちっちゃなノーラには、おかわいそうに、わたくしのほかにお母さまはいらっしゃいませんでしたから。

ノーラ　だから、あの子たちも母親がいなくなったらきっとおまえが――。馬鹿な馬鹿な馬鹿な。（箱を開け）子どもたちのところへ行っててちょうだい。さあ、用意しなくちゃ――。明日は綺麗に着飾ったところを見せてあげる。

乳母　そうですよ、舞踏会のどこを探したって、ノーラ奥さまくらい綺麗な方は絶対におりませんよ。

彼女は左手の部屋へ去る。

ノーラ　（箱からとり出しはじめるが、すぐに全部を放り投げ）ああ、出て行く勇気*52があったら。だれも来さえしなければ。その間、ここで何も起こりさえしなければ。くだらない。だれも来ない。考えない。マッフにブラシをかける。綺麗な手袋、綺麗な手袋。気にしない気にしない！　一、二、三、四、五、六――（叫ぶ）あっ、やって来る――（ドアのところに行こうとし、決めかねて立っている）

リンデ夫人が玄関ホールから入ってくる。外套はホールで脱いできている。

ノーラ　あ、あなたなのクリスティーネ。ほかにはだれもいない？　――来てくれてほんとによかった。

リンデ夫人　わたしに会いに来たって聞いたものだから。

ノーラ　ええ、ちょうど通りかかったものだから。手伝ってもらいたいことがあるの。このソファに座りましょう。あのね、明日の晩、上のステンボルグ領事[*53]のお宅で仮装舞踏会があるのよ。それでトルヴァルはね、わたしに、ナポリの漁師の娘になってタランテッラ[*54]を踊るのがいいっていうの。カプリでそれを習ったものだから。

リンデ夫人　まあまあ、余興までやるの？

ノーラ　ええ、トルヴァルが是非やれって。ほら、衣裳はあるのよ。――トルヴァルが向こうで作らせたの。でもすっかりボロボロになっちゃって、どうしたらいいか――

リンデ夫人　大丈夫、すぐに直せる。縫いつけた飾りがあちこちほころびてるだけよ。針と糸は？　さあ、これで必要なものはそろった。

ノーラ　ああ、何てご親切な。

リンデ夫人　（縫いながら）それじゃ、あした衣裳をつけるのねノーラ？　いいかしら――わたし、ちょっとここに寄って着飾ったところを見せてもらいたい。ああそうだ、楽しかったゆうべのお礼を言うのをすっかり忘れてた。

ノーラ　（立ち上がって、部屋の向こうのほうに行き）ゆうべはいつもほど楽しくなかった。

――もう少し早く町へ来るとよかったのにクリスティーネ。――そう、トルヴァルは家の中を楽しくするのがうまいけど。

リンデ夫人　あなただってそう。お父さまっ子だったのも無駄じゃなかった。でもね、ランク先生はいつもあんなにふさいでいらっしゃるの？

ノーラ　いいえ、ゆうべはずいぶん変だった。でも実を言うとね、先生はとても危ない病気をかかえてるの。脊髄ろう[*55]、お気の毒に。なんでもお父さまって方がひどい人でね、お妾さんやなんかを囲ってたの。だから、子どもは生まれたときから病気だったのよ、わかるでしょう。

リンデ夫人　（縫い物をおろし）だけどノーラ、どうしてそんなこと知っているの？

ノーラ　（部屋を歩きまわり）へん、――三人の子持ちともなれば、ときどきちょっとした医学知識をもった奥さま連中がやって来て――それでいろんなことを教えてくれる。

リンデ夫人　（また縫いはじめ、短い沈黙のあと）ランク先生は毎日ここへいらっしゃるの？

ノーラ　一日も欠かさない。若いころからトルヴァルのいちばんの仲よし。わたしともいいお友だちよ。ランク先生は家族の一員みたいなもの。

リンデ夫人　でも、聞くけどね、あの方、本当に信頼できる？　そのう、お世辞が上手なんじゃない？

ノーラ　いいえ、ぜんぜん逆よ。どうしてそんなこと？

リンデ夫人　きのうわたしを紹介してくれたとき、先生はわたしの名前をこの家でよく耳にするっておっしゃった。でもあとでご主人は、わたしのことぜんぜんご存じないようだった。どうしてランク先生が――？

ノーラ　そうなのクリスティーネ。トルヴァルは、口に言えないくらいわたしを愛してる。だからわたしを独り占めしたがるの。はじめのころは、結婚前に親しかった人の名前を言っても焼餅を焼いた。だから自然と口にしなくなった。でもランク先生とはよくそんな話もする。先生は喜んで聞いてくださるから。

リンデ夫人　ねえノーラ、あなたはまだまだ赤ちゃんよ。わたしはあなたより少し年も上だし、経験もある。言っておくけどあなた、ランク先生とのことはやめにしなくちゃいけない。

ノーラ　やめにするって、いったい何を？

リンデ夫人　あれこれみんな。あなたきのう、お金持ちの崇拝者のこと話してたわね、お金を作ってくれる――

ノーラ　ええ、だれもいないけど――残念ながら。それがどうしたの？

リンデ夫人　ランク先生はお金持ち？

ノーラ　ええそうよ。

リンデ夫人　それで、ご家族はいない？

ノーラ　ええだれも。でも――？
リンデ夫人　それで毎日ここにいらっしゃる？
ノーラ　ええ、言ったでしょ。
リンデ夫人　どうして立派な殿方に、そんなあつかましいことができるのかしら？
ノーラ　あなたの言ってること、さっぱりわからない。
リンデ夫人　隠さなくてもいいのノーラ。あなたがだれから千二百ドル借りたか、わたしにわからないと思う？
ノーラ　あなた、頭がどうかしたんじゃない？　そんなこと考えるなんて！　お友だちよ、毎日いらっしゃるのよ！　そんなことしてたら、つらくてたまらないでしょう？
リンデ夫人　じゃ、先生じゃないの、ほんとに？
ノーラ　ええ、あたりまえよ。そんなこと思いもよらない――。あのころは先生、人に貸せるほどのお金はなかったし。そのあとで遺産を相続したんだから。
リンデ夫人　ああ、それは幸運だったと思うノーラ。
ノーラ　いいえ、ランク先生にお願いするなんて考えたこともなかった――。でも自信がある、もしお願いしたら――
リンデ夫人　でも、もちろんしないでしょう？
ノーラ　もちろんしない。そうね、そんなこと必要になるとは思わない。でも、もしランク

リンデ夫人　先生にお話ししたら、間違いなく――
ノーラ　ご主人に黙って――？
リンデ夫人　ほかにもかたづけなくちゃならないことがあるの、それもトルヴァルには黙ってしなくちゃ。
ノーラ　ええ、ええ、わたしきのうも言ったけど――
リンデ夫人　（行ったり来たりしながら）こういうことは、男のほうがずっとうまくやれる、女より――
ノーラ　自分の夫ならね。
リンデ夫人　くだらない。（立ち止まり）借りてるものをみんな返したら、借用証書はとり戻せるわね？
ノーラ　ええもちろん。
リンデ夫人　そしたらめちゃくちゃに引き裂いて、火をつけて燃やしてやる、――あのゾッとする汚い紙！
ノーラ　（彼女をじっと見つめ、縫い物をおいて、ゆっくり立ち上がる）ノーラ、わたしに何か隠してるでしょう。
リンデ夫人　わかる？
ノーラ　きのうの朝からあなたに何かあったのね。ノーラ、何なの？

ノーラ　（彼女に向かい）クリスティーネ！（耳をすまし）しっ！　トルヴァルが帰ってきた。ねえ、しばらく子どもたちのところへ行ってて。トルヴァルは針仕事を見るのがきらいなの。アンネ・マリーエに手伝ってもらって。

リンデ夫人　（必要なものを集め）ええ、ええ、でもはっきり話し合うまでは帰らないから。

リンデ夫人は左手へ去る。同時に、ヘルメルが玄関ホールから入ってくる。

ノーラ　（出迎えて）ああ、待ってたのよトルヴァル。

ヘルメル　下縫いの子か――？

ノーラ　ううん、クリスティーネ。衣裳の直しを手伝ってくれてるの。わたしきっと評判になる。

ヘルメル　うん、おれの思いつき、すごくいいだろう？

ノーラ　申し分ない！　でもあなたの言うとおりにするわたしも素直でしょ？

ヘルメル　（彼女のあごをもって）素直だって――夫の言うとおりにするから？　さあさあ可愛い無鉄砲屋さん、わかってるよ、そんなつもりで言ったんじゃないだろう。しかしとやかくは言わない、素直になろうとしていることはたしかだからな。

ノーラ　それで、お仕事？

ヘルメル　うん。（書類の束を見せ）ほら、銀行に行ってきた――（自分の部屋へ行こうとする）
ノーラ　トルヴァル。
ヘルメル　（立ち止まり）うん。
ノーラ　もしいま、あなたのリスちゃんがお行儀よくして、心からのお願いをしたら――？
ヘルメル　どうなんだ？
ノーラ　聞いてくださる？
ヘルメル　まず何か聞いてからだもちろん。
ノーラ　リスはそこいらじゅう駆けまわって面白い芸をみせてあげる、もしやさしくお願いを聞いてくださったら。
ヘルメル　まあ言ってごらん。
ノーラ　ヒバリは部屋という部屋で歌う、高い声でも低い声でも――
ヘルメル　なんだ、ヒバリはいつだってそうしてるじゃないか。
ノーラ　わたし、あなたのために小さな妖精[*56]になって、月光を浴びて踊りまわる、トルヴァル。
ヘルメル　ノーラ、――今朝おまえがもち出したことじゃないだろうね？
ノーラ　（近寄って）そうなのトルヴァル、どうかどうかお願い！
ヘルメル　おまえ、またあれを蒸し返すつもりなのか？

ノーラ　ええ、ええ、どうか言うとおりにして。どうしてもクログスタに銀行の仕事をつづけさせて。
ヘルメル　ねえノーラ、あいつの仕事はリンデさんにまわしたんだよ。
ノーラ　ええ、それはとても感謝してる。でもクログスタじゃなくても、ほかのだれかをやめさせたっていいでしょ。
ヘルメル　まったく何て勝手な言い草だ！　あいつのために口をきくなんて、おまえが馬鹿な約束をしたからって、おれがそれを――！
ノーラ　それだからじゃないのトルヴァル。あなたご自身のためなの。あの男、ゴロ新聞*57に書いてるってあなた言ってたでしょ。あなたのこと、とんでもなく悪く書くことだってできる。わたし、あの男のことが死ぬほど怖いの――
ヘルメル　ああそうか。昔のことを思い出して怖がってるんだな。
ノーラ　どういうこと？
ヘルメル　お父さんのことだろ、言うまでもない。
ノーラ　ええ、そうなの。覚えてるでしょう、意地の悪い人たちがパパのことを新聞に書いてどんなひどいことを言ってたか。役所から調査に派遣されたのがあなたじゃなかったら、それであなたが親切にパパを助けてくれなかったら、パパは免職になってたと思う。

ヘルメル　ノーラねえ、おまえのお父さんとおれとではまるで違うよ。お父さんは役人として必ずしも清廉潔白とは言えなかった。だがおれはそうだ。そうありたいと思ってる、いまの仕事にあるかぎりはな。

ノーラ　ああ、だれにもわからない、悪意のある人たちがどんなことをほじくり出すか。いまわたしたちは平和で何の心配もないこの家で、穏やかに幸せな毎日を送ってる、――あなたとわたしと子どもたち、トルヴァル！　だからなの、心からお願いしてるのは――

ヘルメル　それで、おまえがあいつのために頼べば頼むほどあいつをおいておけなくなるんだ。クログスタをやめさせることはもう銀行中が知っている。それを、新しい頭取は女房の言葉で取り消したなんて噂されたら――

ノーラ　ええ、どうなの――？

ヘルメル　いやもちろん、可愛いわがまま奥さんが意地を通したということだ――。おれは銀行中の笑いものになる、――みんな、おれは人の言いなりになる男だと思うだろう。それでおれはどういうことになるか、わかるだろ！　ほかにもまだ――おれが頭取であるかぎり、どうしてもクログスタを銀行においておけないわけがある。

ノーラ　それは何？

ヘルメル　あいつの道徳的欠陥は、まあ、どうでもと言うなら見逃すこともできる――

ノーラ　ええ、そうでしょうトルヴァル？

ヘルメル　それに、あいつはかなり有能だとも聞いている。しかしあいつは大学時代の友だちなんだよ。いい加減にもった友人関係がずっとあとになって面倒なことになる、そういう例なんだ。実を言うとね、おれたちは君、僕の仲[*58]なんだよ。ところがあいつはわきまえがないから、人のいる前でも平気でそれを隠そうとしない。それどころか——馴れ馴れしい口をきくのが当然だと思ってる。だからしょっちゅう、君、君、ヘルメル、とこうだ。ほんとにやり切れないよ。あの男がいると銀行で働くのが耐えられなくなる。

ノーラ　トルヴァル、そんなことみんな、本気で言ってるんじゃないでしょう。

ヘルメル　そう？　どうしてだ？

ノーラ　そうよ、そんな馬鹿げたこと気にするなんて。

ヘルメル　何だっておまえ？　馬鹿げた？　おまえ、おれが馬鹿げてると言うのか？

ノーラ　とんでもない、逆よトルヴァル。だから言ってるの——

ヘルメル　同じことだ。おまえはおれの理由を馬鹿げてると言う。つまりおれがそうだというわけだ。馬鹿げてる！　そうか！　——さあ、これではっきり決まった。（玄関ホールへのドアに行き、呼ぶ）ヘレーネ！

ノーラ　どうするの？

ヘルメル　（書類の中を探し）決定通知だ。

手伝いが入ってくる。

ヘルメル　いいか、この手紙をもってすぐ下に行くんだ。配達人を見つけて届けさせてくれ。急いでな。住所は表に書いてある。そら、お金だ。

手伝い　かしこまりました。

彼女は手紙をもって去る。

ヘルメル　（書類をそろえながら）さあ、おれの可愛い頑固奥さん。

ノーラ　（息がつまって）トルヴァル、――あの手紙、何なの？

ヘルメル　クログスタの解雇通知。

ノーラ　呼び戻してトルヴァル！　まだ間に合う。ね、トルヴァル、呼び戻して！　わたしのため、――あなたのため、子どもたちのため！　ねえ早くトルヴァル！　あなた、わたしたちみんながどうなるかわかってないのよ！

ヘルメル　遅すぎる。

ノーラ　ええ、遅すぎる。

ヘルメル　ノーラ、許してやるよ、そんなにばたばたして心配するのも。実際それはおれに対する侮辱なんだけどな。そうだよ侮辱だよ！　おれがあんなくたびれたチンピラ弁護士の復讐を恐れるなんて、それが侮辱じゃないと言えるか？　しかしおまえを許すよ。おれを愛してる証拠だものな。（彼女の腕をとって）なるようになるだけだ可愛いノーラ。何ごとたるも来たるべし。[*59]　いざというときには、いいか、おれは勇気もある、力もある。すべてをこの身に担う男だということを見せてやる。

ノーラ　（恐れおののき）どういうこと？

ヘルメル　すべてをこの身に――

ノーラ　（気をとり直し）そんなこと、何があっても絶対にさせない。

ヘルメル　よし、じゃ二人で分けようノーラ――夫と妻。それが本当だ。（彼女を抱いて）これで満足だろう？　まあまあまあ、そんな鳩がおびえたような目をしないで。みんなただの空想だよ、――さあ、タランテッラのおさらいをして、タンバリンと合うかやってみなくちゃいけないだろう。おれは書斎に行ってドアを閉めるから何も聞こえない。好きなだけ騒いでいい。（ドアのところで振り返り）それから、ランクが来たら、ここにいるのを教えてやってくれ。

ヘルメルは彼女にうなずき、書類をもって自分の部屋に入りドアを閉める。

ノーラ　(恐れに気が乱れ、立ちすくんで、つぶやく) あの人はそれができる。そうする。何があってもそうする。――いいえ、絶対にそんなことさせない！　それだけはだめ！　救いを――！　逃げ道を――　(玄関ホールで呼び鈴が鳴る) ランク先生――！　それだけはだめ！　何があってもそれだけは！

彼女は顔を直し、気をとり直して玄関ホールへのドアに行き、開ける。ドクトル・ランクがホールに立っていて、毛皮の外套を掛けている。次の場面中に暗くなりはじめる。

ノーラ　こんにちはランク先生。呼び鈴であなたとわかった。でも、いまはトルヴァルのところへ行かないでね、仕事中だと思うから。

ランク　あなたは？

ノーラ　(ランクが部屋に入ったあと、ドアを閉めて) あら、ご存じのくせに、――あなたのためならわたしはいつだって暇よ。

ランク　それはありがとう。できるあいだはそれを利用しましょう。

ノーラ　どういうこと？　できるあいだはって？

ランク　ええ。びっくりした？

ノーラ　だって、ずいぶん変な言い方だもの。何か起こるの？

ランク　起こるといっても、前々から覚悟していたこと。でも、そうすぐにとは思いません。

ノーラ　（彼の腕をつかみ）何なの、何がわかったの[*60]？　ランク先生、言ってちょうだい！

ランク　（暖炉のそばに座り）ぼくの体はだめになってきてるんです。もうどうしようもない。

ノーラ　（ほっとして）あなたのこと――？

ランク　ほかにだれがいます？　自分に嘘をついても仕方がない。ぼくは自分の患者の中でいちばん惨めなやつなんですよ奥さん。最近、体の内部をすっかり調べてみました。破産状態。一カ月もたたないうちに、ぼくの体は墓の中で腐っているでしょう。

ノーラ　やめて、そんないやな言い方。

ランク　たまらなくいやなこと。だけど、もっとたまらないのは、それまでに、まだいろんないやなことを通り抜けなくちゃならないということ。検査は、あともう一つだけ残っている。それが終われば、いつ崩壊が始まるかだいたいわかります。そしたらあなたに教えてあげます。ヘルメルは根がやさしいから、汚いものはどんなものも我慢できないでしょう。彼には病室へ来てもらいたくない[*61]――

ノーラ　だけどランク先生――

ランク　来てもらいたくない。何があっても。彼は閉め出します。――最悪の状態だとはっきりわかったら、あなたに黒い十字を書いた名刺を送ります、そしたら、肉体崩壊の忌わしさ[*62]がはじまったんだと思ってください。

ノーラ　ほんとに今日はあなた、とても普通じゃない。お願いだからもっと楽しくなって。

ランク　死神と手をつないで？――しかもこれは他人《ひと》の罪を償ってるんですよ。これが正義と言えますか？　まあ、こういうどうしようもない報復のようなものは、どこの家でも何かと受けてはいるんでしょうがね――

ノーラ　（耳を抑えて）くだらない！　さあ陽気に陽気に！

ランク　いやまったく、お笑い草です何もかも。ぼくの哀れな罪もない背骨が、親父の陽気な将校時代の借りを払わされているんだから。

ノーラ　（左手のテーブルのそばで）お父さまは、アスパラガスやフォアグラのパテに目がなかった。そうでしょう？

ランク　そう。それから松露にも。

ノーラ　そう、松露もね。それに牡蠣も、じゃなかった？

ランク　そう、牡蠣、牡蠣。言うまでもない。

ノーラ　それに、ポートワインやシャンペンや。そんなおいしいものがみんな背骨を痛めるなんてひどい話ね。

ランク　特に、そんなご馳走にありついたこともない不幸な背骨を痛めるというんだから。
ノーラ　そうよ、それが何よりいちばんひどい。
ランク　（探るように彼女を見て）ふん――
ノーラ　（ちょっと間をおき）どうして笑ったの？
ランク　いいえ、あなたでしょう笑ったのは。
ノーラ　いいえ、あなたのほうよランク先生！
ランク　（立ち上がって）あなたは思ってたより人が悪い。
ノーラ　わたし、今日はなんだかおかしいの。
ランク　どうもそうらしい。
ノーラ　（両手を彼の肩にかけ）ねえランク先生、あなた、トルヴァルやわたしをおいていなくなるなんて、そんなことないでしょ。
ランク　まあ、その穴はすぐに埋められますよ。去るものは日々に疎しとかね。
ノーラ　（不安げに彼を見て）そう思う？
ランク　すぐに新しい関係を結んで、それで――
ノーラ　だれが新しい関係を結ぶって？[*63]
ランク　あなたとヘルメルですよ、ぼくがいなくなったらすぐに。あなたご自身もう準備中じゃありませんか。ゆうべのリンデさんは何のためです？

ノーラ　まあ――まさか、あのかわいそうなクリスティーネに焼餅を焼いているんじゃないでしょ？

ランク　いや焼いてますよ。あの人がこの家でぼくの後釜になるんでしょう。この体が朽ちはてたらあのご婦人は――

ノーラ　しっ。大きな声を出さないで。そこにいるのよ。

ランク　今日も？　ほうらね。

ノーラ　衣裳を直してくれてるだけよ。何てこと、あなた本当に普通じゃない。（ソファに座り）さ、駄々をこねないでランク先生。あしたはわたし、とっても可愛いダンスを見せてあげる。あなたのためだけに踊ってると思ってもいい、――ええもちろん、トルヴァルのためもあるけど、――言うまでもない。（箱からいろんなものをとり出し）ランク先生、ここにお座りなさい。いいものを見せてあげます。

ランク　（座って）何です？

ノーラ　これ。ほら！

ランク　絹の靴下。

ノーラ　肌色よ。綺麗じゃない？　ええ、ここはもう暗いけど、あしたになれば――。だめだめだめ、見るのは足の先だけ。ま、いいか、あなただから上のほうまで見せてあげる。*64

ランク　ふん――

ノーラ　どうしてそんな変な顔をするの？　たぶん、似合わないと思ってるのね？

ランク　たしかな判断は、ぼくには無理ですね。[*65]

ノーラ　（しばし彼を見て）ま、そんな恥ずかしいことを。（靴下で彼の耳を打って）これが罰よ。（靴下をしまう）

ランク　ほかには、どんないいものを見せてもらえるんです？

ノーラ　もう何も見せてあげない。お行儀が悪いんだから。

彼女は、少しハミングしながら、出したものをあれこれ見ている。

ランク　（短い沈黙のあと）こうやってあなたと親しくしていると、とても考えられない――ええ、想像もつかない――もし、この家にうかがうことがなかったら、ぼくはどうなっていたか。

ノーラ　（微笑して）ええ、ほんとに、わたしたちのところがお気に召してるようね。

ランク　（より静かに、自分の前を見つめながら）だのに、すべてからお別れしなければならない――

ノーラ　馬鹿な。そんなことないでしょ。

ランク　（前と同じに）——しかも何一つ、わずかな感謝の印さえ残していけない。いなくなったという感じさえすぐに消えてしまって——空席はすぐにとって代わられる。

ノーラ　それじゃもし、いま、一つお願いをしたら——？　いいえ——

ランク　どんなお願い？

ノーラ　友情にすがる、とても大きな——

ランク　ええ、ええ？

ノーラ　いえ、あのう——この上ない大きな助けを——

ランク　そんな喜びを、ほんとに一度だけでも味わわせてくれるんですか。

ノーラ　まあ、何だか知らなくてそんなことを。

ランク　ええ、いいんです、どうか言ってください。

ノーラ　ああ、でもだめランク先生、とってもたくさんなんだもの、——ご忠告や助けも、それにお力添えも——

ランク　多ければ多いほどいい。どういうことかわからないけれど、遠慮なく言ってください。親しい仲じゃありませんか？

ノーラ　そう、あなたはほかのだれよりも親しい、心を許せるいちばんのお友だち、そうよ。だから言います。あのねランク先生、あなたにとめていただきたいことがあるの。あなた、トルヴァルが心から、口に言えないほど深くわたしを愛しているのご存じでしょ。わたしのためなら少しもためらわず命を投げ出す。

ランク　（彼女に身をかがめ）ノーラ、[66]――彼だけだと思っているんですか――？

ノーラ　（やや、びくっとして）何が――？

ランク　あなたのために喜んで命を投げ出すのは。

ノーラ　（重く）ああ、そう。

ランク　いなくなる前に、あなたにだけは打ち明けようと心に決めていました。いまがいい機会だ。――そうなんですノーラ、これでわかったでしょう。ぼくには、だれよりも心を許してくれていいんです。

ノーラ　（立ち上がる。平静に）通してちょうだい。

ランク　（彼女に道を開け、しかし座ったまま）ノーラ――

ノーラ　（玄関ホールへのドアのところで）ヘレーネ、ランプをもってきて。――（暖炉のほうに行き）ああランク先生ったら、こんなことって、ほんとにいやな方ね。

ランク　（立ち上がり）こんなに深くあなたを愛していることが、ほかのだれよりも？　それがいやなことですか？

ノーラ　いいえ。でも、そんなことをわたしに言うなんて。そんな必要は少しもなかったのに――

ランク　何ですって？　じゃあなた、わかってた――？

手伝いがランプをもって入ってくる。それをテーブルの上におき、再び去る。

ランク　ノーラ——奥さん——、あなた、わかってらしたのかとお聞きしてるんです。

ノーラ　まあ何を？　何がわかってて何がわかってなかったたか？　そんなことあなたに言えるはずないでしょう——。ほんとに気の利かない方ねランク先生！　何もかもとてもうまくいってたのに。

ランク　まあとにかく、ぼくがあなたのためなら身も心も捧げることはわかったでしょう。だから、さっきのことを話してください。

ノーラ　（彼を見て）こんなことのあとで？

ランク　お願いですから、どうか教えて。

ノーラ　もう何も教えられない。

ランク　いやいや、そんな罰を与えないで。どうか、あなたのためにお役に立たせてください、人間にできることなら何でも。

ノーラ　もう何もしていただくわけにはいかない。——それにわたし、何の助けもいらないの。みんなただの空想だったの。ええそうなの。当然よ！（揺り椅子に座り、彼を見て、微笑し）あなたってほんとに可愛いのねランク先生。ランプで明るくなったらご自分が恥ずかしいんでしょう？

ランク　そんなこと。でもたぶん、ぼくはおいとましたほうが――このままずっと？

ノーラ　いいえそれはだめ。もちろんいままでどおりいらしてちょうだい。トルヴァルはあなたなしでいられないこと、よくわかってるでしょ。

ランク　ええ、でもあなたは？

ノーラ　あら、わたしはいつだって、あなたがいらっしゃるとすごく楽しくなる。

ランク　それなんです、ぼくをだめにしてしまうのは。あなたは謎だ。あなたは、ヘルメルといるのと同じくらいぼくと一緒にいるのが好きなんだって、いつもそう思えたんです。

ノーラ　ええ、でもね、好きな人と一緒にいたいと思う人は、別なこともあるのよ。

ランク　ああ、そうかもしれない。

ノーラ　家にいたころは、もちろんパパがいちばん好きだった。でも、女中部屋にもぐり込んだときがいちばん面白かった。みんなは指図なんかしないでしょう。お互い楽しくおしゃべりするだけ。

ランク　ははあ、ぼくは女中たちの代わりだったんですか。

ノーラ　(とび上がって彼のほうへ行き) まあ、ランク先生、そんなつもりで言ったんじゃないのよ。でもわかるでしょう、トルヴァルといるのは、ちょうどパパと一緒にいるみたい――

手伝いが玄関ホールから入ってくる。

手伝い　奥さま！（ささやいて、名刺を渡す）
ノーラ　（名刺をちらっと見て）ああ！（それをポケットに入れる）
ランク　何か悪いこと？
ノーラ　いいえ、何でもない。ただちょっと――新しい衣裳のことなの――
ランク　どうして？　衣裳なら、そこにあるでしょう。
ノーラ　ええそれ。でももう一つ別のを注文したんだけど――。トルヴァルに知られたくなくて――
ランク　ははあ、大きな秘密というのはそれですか。
ノーラ　そうなの、トルヴァルのところへ行っててちょうだい。奥の部屋にいるから。できるだけ引き止めておいてね――
ランク　心配ご無用。絶対に離しませんから。

ランクはヘルメルの部屋に入る。

ノーラ　（手伝いに）台所で待ってるの？
手伝い　はい、裏の階段[*67]をのぼって――
ノーラ　いまはお客さまだからって言わなかったの？
手伝い　申しました。でも、だめなんです。
ノーラ　お帰りにならない？
手伝い　はい、奥さまとお話しするまでは帰らないって。
ノーラ　じゃ、お通しして。でもそうっとね。ヘレーネ、このことはだれにも言っちゃだめよ。トルヴァルを驚かすんだから。
手伝い　はいはい、わかっております――

彼女は去る。

ノーラ　恐ろしいことが起こる。やっぱりやってくる。いえいえいえ、起こるはずない、起こさせない。

彼女はヘルメルの部屋のところに行き、ドアに鍵を掛ける。

手伝いが玄関ホールのドアを開け、弁護士のクログスタを入れてドアを閉める。彼は旅行用の毛皮コート[*68]を着て、長靴をはき、皮の帽子をかぶっている。

ノーラ　（彼のほうへ行き）小さな声で話してください、主人が家なんです。
クログスタ　ああそうですか。
ノーラ　わたしに何のご用？
クログスタ　ちょっと知りたいことがありまして。
ノーラ　じゃ急いで。何ですか？
クログスタ　わたしが解雇通知を受けとったのはご存じですね。
ノーラ　とめられなかったんですクログスタさん。何とかしようとできるだけやったんですけど、どうしようもなかったんです。
クログスタ　ご主人はあなたに、そんなちっぽけな愛情しかもっていないんですか？　わたしがあなたをどのようにできるかわかっていながら、それでもやっぱりご主人は――
ノーラ　主人がわかってるって、どうして思われるんですか？
クログスタ　ああそう、そんなことだろうと思ってました。あの善良なトルヴァル・ヘルメルに、そんな男らしい勇気はまったく似つかわしくありませんからね――

ノーラ　クログスタさん、主人には敬意を払っていただきます。
クログスタ　もちろん払うべき敬意は払います。しかし奥さんも、これを苦心して隠そうとなさってるところを見ますと、ご自分のなされたことがきのうよりはよくおわかりになっていると考えていいでしょうね。
ノーラ　あなたなんかに教わるよりずっとね。
クログスタ　そう、わたしは大した法律家じゃありませんから――
ノーラ　わたしにご用って何ですか？
クログスタ　ただ、どうしていらっしゃるかと思いましてね奥さん。一日中あなたのことを考えていたんですよ。金貸し、インチキ弁護士、ですか――まあ、わたしのようなものにも親切心っていうやつがちょっぴりはありますからね。
ノーラ　じゃ、それを見せてください。小さな子どもたちのことも考えてください。
クログスタ　あなたやご主人はわたしの子どもたちのことを考えてくれましたか？　でもそれはもうどうでもいい。ただ申し上げたいのは、これをそう重大にお考えになる必要はないということです。わたしのほうでは裁判沙汰にするつもりはありませんから。
ノーラ　ええそうでしょう。わかってました。
クログスタ　すべては円満に解決できます。公にする必要は少しもありません。ただわれわれ三人の問題です。

ノーラ　これは、主人には絶対に言えません。
クログスタ　どうやって隠しおおせるんです？　あなたは残りの金額を払えるんですか？
ノーラ　いいえ、いますぐには。
クログスタ　それとも数日中にお金を作るあてでもありますか？
ノーラ　何も、あてはありません。
クログスタ　どっちにせよ、そんなことは何の役にも立ちません。もうどんなにたくさんのお金をもってこられても、あの借用証書をお返しすることはしませんから。
ノーラ　あれを何に使うとおっしゃるんですか？
クログスタ　ただもっていたいだけ――手元にね。関係のないものに嗅ぎつかれることはしません。ですから、もし奥さんがやけになって、何かをしようとしているなら――
ノーラ　しています。
クログスタ　家もご家族も捨てるなんてことを考えているなら――
ノーラ　考えています！
クログスタ　――それとも、もっと悪いことを考えているとか――
ノーラ　どうしてそれがわかるんです？
クログスタ　――まあ、そんなことはおやめになるんですね。
ノーラ　どうしてそう考えてるとわかるんですか？

クログスタ　だれでもまずそれを考えるんです。わたしもそうでした。でも勇気が出なかったんです――

ノーラ　（声もなく）わたしもだめ。

クログスタ　（ほっとして）ね、そうでしょう。あなたもそんな勇気はないでしょう？

ノーラ　わたしにもない、わたしにもない。

クログスタ　そんなこと、馬鹿げてますよ。せいぜいしばらく家の中が荒れるだけで、それが終われば――。わたしはポケットにご主人宛ての手紙をもっています――

ノーラ　そこに全部書いてあるんですか？

クログスタ　できるだけ穏やかな言いまわしでね。

ノーラ　（急いで）その手紙は渡さないで。破いてください。お金は何とか工面しますから。

クログスタ　失礼ですが奥さん、たったいま申し上げたと思いますが――

ノーラ　ああ、お借りしているお金のことじゃありません。主人に要求している金額を言ってください、わたしが何とかして作ります。

クログスタ　わたしはご主人に金を要求してはおりません。

ノーラ　じゃ、何がお望みなんですか？

クログスタ　申しましょう。わたしは足場を築きたいんです奥さん。出世したいんです。ご主人にそれを助けていただきます。この一年半ばかりのあいだ、わたしの行状には何一つ恥じるところはありません。わたしはこのあいだじゅう、非常に大変な思いをして闘ってきました。それで一歩一歩道が開けてくることに満足していたんです。いまわたしは職を追われました。元に戻るだけじゃ我慢できません。出世したいんです、いいですか。銀行に戻って、――前より上の地位につきたいんです。ご主人にポストを見つけていただきます――

ノーラ　主人は絶対にそんなことしませんわ。

クログスタ　しますね。彼のことはよくわかっています。断る勇気などありませんね。いったん一緒に働くことになったら、まあ、見ててごらんなさい！　一年とたたないうちに、わたしは頭取の右腕になりますよ。信託銀行を動かしているのはトルヴァル・ヘルメルではなく、ニルス・クログスタだと言われるようになります。

ノーラ　そんなことには絶対になりません！

クログスタ　あなた、もしか――？

ノーラ　いまこそ勇気を出します。

クログスタ　いや、脅かしたってだめですよ。あなたのような可愛い箱入りの奥さんが――

ノーラ　見ててごらんなさい、見ててごらんなさい！

クログスタ　氷の下に沈んでいる？　冷たい、真っ黒い水の中で？　それで春になって浮かんできて、醜く、だれだかもわからず、髪は抜け落ちて――

ノーラ　脅かしたってだめよ。

クログスタ　あなたこそ脅かしたってだめです。そんなこと、人はしないものです奥さん。それに、それが何の役に立つんです？　わたしはやっぱりご主人を言いなりにできますからね。

ノーラ　そのあとでも？　わたしがもう――？

クログスタ　お忘れですか、そうなっても、亡くなったあとのあなたの評判をわたしは自由にできるんですよ。

ノーラは言葉もなく彼を見つめる。

クログスタ　さあ、これでおわかりでしょう。馬鹿なことはしないように。ヘルメルにこの手紙を渡して返事を待ちます。覚えておいてください、またもやわたしにこんなやり方を無理矢理させるのはご主人なんですから。それをわたしは決して許しません。失礼します奥さん。

クログスタは玄関ホールから去る。

ノーラ　（玄関ホールへのドアへ行き、それを細目に開けて耳をすます）出て行く。手紙は出さない。そうよそうよ、そんなことするはずない！　（だんだんとドアを開け）どうしたの？　外に立ってる。階段を下りて行かない。考えてる？　まさか――？

郵便受けに手紙が落ちる。それから、階段を下りて遠ざかるクログスタの足音が聞こえる。

ノーラ　（低い叫びを上げ、ソファのそばのテーブルのところへ駆け寄る。短い間）郵便受けの中に。（おずおずと玄関ホールへのドアに忍び寄り）あそこにある、――トルヴァルトルヴァル、――わたしたちもう助かる道はない！

リンデ夫人　（左手の部屋から衣裳をもってあらわれ）ええ、もう直すところはないと思う。着てみる？

ノーラ　（しわがれ声で、低く）クリスティーネ、ここに来て。

リンデ夫人　（ソファの上に衣裳を放り出し）何があったの？　そんなに動揺して。

ノーラ　ここに来て。あの手紙、見える？　あそこ、ほら、――郵便受けの隙間から。

リンデ夫人　ええ、ええ、見える。

ノーラ　あの手紙、クログスタからなの――

リンデ夫人　ノーラ、――クログスタからねお金を借りたのは。
ノーラ　ええ。もうトルヴァルにみんなわかっちゃう。
リンデ夫人　ねえ、信じてノーラ、あなたたち二人にとってそれがいちばんいい。
ノーラ　それだけじゃないの。わたし、にせの署名をしたのよ――
リンデ夫人　まあ、何てことを――？
ノーラ　ね、これだけはお願いクリスティーネ、わたしの証人になってちょうだい。
リンデ夫人　証人てどういうこと？　何をしたらいいの――？
ノーラ　もしわたしの気が狂うとか、――ああ、そうなりかねない――
リンデ夫人　ノーラ！
ノーラ　それとも、何かほかのことが起こって、――何か、わたしがここにいられなくなるようなこと――
リンデ夫人　ノーラノーラ、あなたほんとに正気じゃない！
ノーラ　もしそのとき、だれかがすべての罪を自分に引き受けようとしたら、わかってほしい――
リンデ夫人　ええ、ええ、でも何を考えてるの――？
ノーラ　そのときは、そんなこと本当じゃないと証言してちょうだい。わたしは正気、いまは完全に自分がわかっている。だからはっきり言います、これはほかのだれも知ら

リンデ夫人　ない、全部わたしが一人でしたこと。これを覚えておいてね。
ノーラ　ええ、覚えておく。でも何のことかさっぱりわからない。
リンデ夫人　ああ、どうしてあなたにわかる？　いまから起ころうとしているのは素晴らしい奇蹟[*69]なの。
ノーラ　奇蹟？
リンデ夫人　ええ、奇蹟、素晴らしい。でもとても恐ろしいクリスティーネ、――起こっちゃいけない、どんなことがあっても、決して。
ノーラ　わたし、クログスタのところに行って話してくる。
リンデ夫人　行かないで。あなたに何かひどいことをするかもしれない。
ノーラ　あの人、わたしのためなら何でも喜んでしてくれたときがあった。
リンデ夫人　あの人が？
ノーラ　どこに住んでいるの？
リンデ夫人　どうしてわたしにわかる――？　そうだ、（ポケットを探り）あの人の名刺。でも、手紙手紙――！
ヘルメル　（自分の部屋から、ドアをたたいて）ノーラ！
ノーラ　（恐れで叫ぶ）ああ、何？　何の用？
ヘルメル　まあまあ、そうびくびくするなよ。入りゃしないよ。鍵を掛けたな。着付中か？

ノーラ　ええ、ええ、着付中。とても素敵になるからトルヴァル。
リンデ夫人　（名刺を読んでいて）住まいは、すぐそこの角を曲がったところね。
ノーラ　ええ。でも何にもならない。助かりっこない。手紙は郵便箱の中。
リンデ夫人　それで鍵はご主人が？
ノーラ　ええ、いつも。
リンデ夫人　じゃ、クログスタは手紙が読まれないうちにとり戻さなくちゃ、何か口実を見つけて――
ノーラ　でも、いつもこの時間にトルヴァルは――
リンデ夫人　遅らせるのよ。ご主人のところへ行ってて。できるだけ早く戻ってくるから。

彼女は玄関ホールへのドアから急いで出て行く。

ノーラ　（ヘルメルの部屋に近づき、ドアを開けてのぞき込む）トルヴァル！
ヘルメル　（部屋の中で）さあ、やっとまたわが家の居間に入れるのかな？　来いよランク、いよいよ見せてもらえるよ――（ドアのところで）だけど何だこれは？
ノーラ　何がトルヴァル？
ヘルメル　ランクは、すごい仮装場面だって気を引いてたんだがな。

ランク　（ドアのところで）そう思ったんだけど、違ってたのか。
ノーラ　ええ、あしたまではだれにも着飾ったところは見せない。
ヘルメル　しかしノーラ、とても疲れているみたいだよ。稽古のし過ぎか？
ノーラ　いいえ、まだぜんぜんしてないの。
ヘルメル　だけど、しなくちゃいけないだろ――
ノーラ　ええ、ほんとに、しなくちゃいけないトルヴァル。でも、あなたの助けがないとどうにもならない。すっかり忘れちゃった。
ヘルメル　ああ、すぐに思い出せるよ。
ノーラ　ええ、つきっ切りで教えてねトルヴァル。約束してくれる？　ああ、とても心配。大勢の人でしょう――。あなた、今晩はわたしのためだけ。お仕事は一切だめ、ペンをとるのもだめ。どう？　いいトルヴァル？
ヘルメル　約束するよ。今晩は身も心もおまえに捧げる、――途方にくれたちっちゃなおしゃまさん。――うんそうだ、その前に一つだけ――（玄関ホールへのドアのほうに行く）
ノーラ　何を見に行くの？
ヘルメル　手紙が来てないか見るだけだ。
ノーラ　いえいえ、見ないでトルヴァル！
ヘルメル　どういうこと？

ノーラ　トルヴァルお願い。何も来ていない。
ヘルメル　まあ、見てみよう。（行こうとする）

ノーラはピアノに向かい、タランテッラの最初の小節を弾く。

ヘルメル　（ドアのところで立ち止まり）おやおや！
ノーラ　わたし、あした踊れない、あなたと稽古しなくちゃ。
ヘルメル　（彼女に近づき）そんなに心配なのかノーラ？
ノーラ　ええ、もう心配でたまらない。すぐに稽古しましょ。食事までにはまだ時間がある。さあ、ここに座って弾いてトルヴァル。わたしを直して、教えてちょうだい、いつものように。
ヘルメル　いいよ、そうしたいんなら喜んで。

彼はピアノに向かって座る

ノーラ　（箱からタンバリンをつかんで、また、長い派手な模様のショールもとり出し、すばやく身にまとう。それから前にとび出して叫ぶ）さあ弾いて！　踊るから！

ヘルメルは弾き、ノーラは踊る。*70 ドクトル・ランクは、ヘルメルの後ろでピアノのそばに立って眺めている。

ヘルメル　（弾きながら）もっとゆっくり、――もっとゆっくり。
ノーラ　これしかできない！
ヘルメル　もっと穏やかにノーラ！
ノーラ　これでいいのよ。
ヘルメル　（弾くのをやめ）だめだめ、これじゃぜんぜんだめだ。
ノーラ　（笑ってタンバリンを振り）だから言ったでしょ？
ランク　ぼくが弾こう。
ヘルメル　（立ち上がり）ああ、そうしてくれ、そのほうがうまく教えられる。

ランクがピアノに向かい、弾く。ノーラは踊るが、次第に荒々しくなる。ヘルメルは暖炉のそばに立ち、彼女の踊りに、たえず指示を与えて直そうとする。彼女は聞こえないかのようで、髪が乱れて肩に落ちるが、気にせず踊りつづける。リンデ夫人が入ってくる。

リンデ夫人　（ドアのそばで唖然として）まあ――！
ノーラ　（踊りながら）面白いでしょうクリスティーネ。
ヘルメル　しかしねえノーラ、おまえの踊りはまるで命がけだよ。
ノーラ　そのとおりよ。
ヘルメル　ランク、やめだ、――まったく狂ってる。やめろと言ってるんだ。

ランクは弾くのをやめ、ノーラは急にとまる。

ヘルメル　（彼女のほうへ行き）こんなこと思ってもみなかった。おれが教えたこと何一つ覚えてない。
ノーラ　（タンバリンを放り出し）これでわかったでしょう。
ヘルメル　あ、これはほんとに、ちゃんと教えなくちゃな。
ノーラ　ええそう、ほんとにそうでしょう。最後までちゃんと教えてくれなくちゃ。約束するトルヴァル？
ヘルメル　大丈夫、あてにしていい。
ノーラ　今日とあした、わたし以外のことを考えちゃいけない。どの手紙も見てはいけない。

ヘルメル　――郵便受けを開けるのもだめ――
ノーラ　ははあ、まだあの男のことを心配してるんだな――
ヘルメル　ええ、ええ、それもある。
ノーラ　ノーラ、顔に書いてある。あいつから手紙が来てるんだ。
ヘルメル　知らない。そうかもしれない。でも、そんなもの読んじゃいけない。全部が終わるまで、わたしたちにいやなことは何も起こらないように。
ランク　（小声でヘルメルに）逆らうなよ。
ヘルメル　（彼女に腕をまわして）赤ちゃんのお好きなように。だけどあしたの晩、おまえの踊りが終わったら――
ノーラ　そうしたらあなたは自由。
手伝い　（右手のドアで）奥さま、お食事の用意ができました。
ノーラ　シャンペンをねヘレーネ。
手伝い　かしこまりました奥さま。（去る）
ヘルメル　おやおや、――豪勢だな？
ノーラ　シャンペン・パーティー、あしたの朝まで。（大声で）それから、マカロンを少しヘレーネ、いいえ、たくさん――一度だけ。
ヘルメル　（彼女の手をとり）さあさあさあ、そんなおびえたようにバタつかないで。いつもの

ノーラ　可愛いヒバリちゃんにならなくちゃ。
ランク　ええそう、そうなる。でも、いまはまいりましょう。あなたもねランク先生。クリスティーネ、髪を直すの手伝ってくれる?
ヘルメル　(行きながら、小声で) 何もないのか——何か起こるとか?
とんでもない君。さっき話した子どもじみた心配以外、何もないよ。

彼らは右手へ去る。

ノーラ　それで?
リンデ夫人　田舎に行って留守なの。
ノーラ　顔つきでわかった。
リンデ夫人　あしたの晩戻るって。置き手紙をしてきた。
ノーラ　しなくてもよかったのに。あなたには何一つやめさせられない。それに、本当言って、素晴らしい奇蹟を待っていると思うとうれしさがこみあげてくる。
リンデ夫人　待ってるって何を?
ノーラ　ああ、あなたにはわからないこと。みんなのところへ行って。わたしもすぐに行く。

リンデ夫人は、食堂へ去る。

ノーラ　（しばし立ったまま身を整え、やがて自分の時計を見る）五時。真夜中まで七時間。それから次の真夜中まで二十四時間。そのときタランテッラは終わる。二十四たす七？　三十一時間の命。

ヘルメル　（右手のドアで）どうしたんだ可愛いヒバリは？

ノーラ　（腕をひろげて彼に駆け寄り）ヒバリはここよ！

第三幕

同じ部屋。ソファ・テーブルとまわりの椅子は、部屋の中央に移されている。テーブルの上でランプが燃えている。玄関ホールへのドアは開いたまま。上の階からダンス音楽が聞こえている。

リンデ夫人がテーブルに向って座り、うわの空で本をめくっている。読もうとしているが考えを集中できない様子。二度、三度、緊張して外のドアへ耳をすます。

リンデ夫人　（自分の時計を見て）まだ来ない。もう時間なのに。もし来なかったら——（また耳をすまし）ああ、あの人だ。（玄関ホールへ出て行って、そっと外のドアを開ける。階段をのぼってくる足音が低く聞こえる。彼女がささやく）入って。ここにはだれもいないの。*71

クログスタ　（ドアのところで）家で置き手紙を見た。これはどういうこと？

リンデ夫人　どうしても話したいことがある。

クログスタ　それで？　どうしてもこの家でなくちゃならない？
リンデ夫人　わたしのところはだめ。入口が専用じゃないのよ。入って。ほかにはだれもいない、お手伝いさんは寝ているし、ヘルメル夫妻は上の舞踏会。
クログスタ　（部屋に入り）そうなのか、ヘルメル夫妻は今晩ダンスをしている？　本当に？
リンデ夫人　ええ、別におかしくないでしょ？
クログスタ　あ、いや、そうだね。
リンデ夫人　ええクログスタ、それで二人だけで話を。
クログスタ　われわれに、まだ何か話すことがありますかね？
リンデ夫人　たくさんある。
クログスタ　おれはそう思わない。
リンデ夫人　ええ、それはわたしのことがちゃんとわかっていないからよ。
クログスタ　実に単純なこと以外、何をわかる必要があった？　一人の冷たい女が男を捨てて、もっと割りのいい申し出を受け入れた。
リンデ夫人　わたしをそんな冷たい女だと思ってるの？　平気でそうしたんだと？
クログスタ　違うと言うのか？
リンデ夫人　クログスタ、あなた本当にそう思ってるの？
クログスタ　違うんだったら、あのとき何であんな手紙をよこしたんだ？

リンデ夫人　ほかに仕方がなかった。別れなくちゃならない以上、あなたの気持を吹き消しておくのがつとめだと思ったの。

クログスタ　（手をくねらせ）そういうこと。それを――それをただ金のために！

リンデ夫人　忘れないでね、わたしには寝たきりの母と二人の小さな弟がいた。あなたを頼りにすることはできなかったクログスタ。あのころの様子では、頼れるのはまだ先のことに思えた。

クログスタ　そうかもしれない。でも、ほかの男のためにおれを捨てる権利は君にはなかった。

リンデ夫人　ええどうかしら。その権利がなかったかどうか、なんども自分にたずねてみた。

クログスタ　（より静かに）君を失くしたとき、まるで足元の地面が全部崩れ落ちていくみたいだった。見てごらん。いまのおれは座礁した難破船同然の男だ。

リンデ夫人　救助の船もきっと近い。

クログスタ　近かったんだ。だのに君があらわれて、あいだに入り込んでしまった。

リンデ夫人　知らなかったのクログスタ。銀行の仕事があなたのものだったなんて、今日はじめて聞いたの。

クログスタ　そう言うなら信じるよ。でも、そうとわかったら、どうして身を引かないんだ？

リンデ夫人　いいえ、そんなことしたってあなたのためにはならない少しも。

クログスタ　ああ、ためになるためになる――おれならどうであろうとそうするがね。

リンデ夫人　わたしは何ごとにも理性的になることを学んだの。つらい苦しい人生がそれを教えてくれた。
クログスタ　おれの人生は、口先だけの言葉を信用するなと教えてくれたね。
リンデ夫人　じゃあなたも、人生からとても理性的なことを学んだのね。だけど、行いはあなたも信じるでしょう？
クログスタ　どういう意味だ？
リンデ夫人　あなた、座礁した難破船同然の男だと言ったわね。
クログスタ　そう言う理由は十分ある。
リンデ夫人　わたしも座礁した難破船同然の女なの。悲しんであげる人も世話してあげる人もいない。
クログスタ　自分で選んだ道だ。
リンデ夫人　あのときはほかに道がなかったのよ。
クログスタ　それで、どうなんだ？
リンデ夫人　クログスタ、もしいま難破した二人が互いに寄り添えたら。
クログスタ　何を言ってる？
リンデ夫人　同じ座礁でも、二人別々よりは一緒のほうがいいんじゃないかしら。
クログスタ　クリスティーネ！

リンデ夫人　どうしてわたしがこの町へ来たと思うの？
クログスタ　まさか、おれのことが頭にあったとでも？
リンデ夫人　わたし、働くことが生き甲斐なの。これまで思い出すかぎりずっと働いてきた。それがわたしの唯一の、いちばんの喜びだった。たまらなく空っぽで捨てられた感じ。自分のために働いたって何の喜びにもならない。クログスタ、わたしに働いてあげる相手をもたせて。
クログスタ　そんなこと信じない。自分を人に捧げたいなんて、ヒステリー女の興奮で言ってるだけだ。
リンデ夫人　あなた、ヒステリーになってるわたしを見たことがあった？
クログスタ　じゃ本気でそんなことを？　ね、――おれの過去を全部知ってる？
リンデ夫人　ええ。
クログスタ　ここで、何と思われているかも？
リンデ夫人　さっきあなた、わたしと一緒だったら、違った人間になっていただろうって、そう言いたかったんじゃないの。
クログスタ　間違いなくそうなっていた。
リンデ夫人　いまからではだめ？
クログスタ　クリスティーネ、――本気で言ってるのか！　そうだ。顔を見ればわかる。じゃ、

リンデ夫人　ほんとにそういう気持を——？

クログスタ　わたしには母親になってあげるものが必要なの。あなたのお子さんたちには母親が必要。わたしには母親になってあげるものが必要なのよ。クログスタ、あなたとならやっていける——あなたと一緒ならどんなことでもできる。

リンデ夫人　(彼女の手をとり) ありがとうありがとうクリスティーネ。——今度こそ、人にも立派だと思われるようになってみせる。——ああ、忘れていた——

クログスタ　(耳をすまし) しっ！　タランテッラ！　行って行って！

リンデ夫人　どうして？　何なんだ？

クログスタ　上のダンスが聞こえるでしょう？　あれが終わったらあの人たちが下りてくる。

リンデ夫人　そう、行かなくちゃ。何もかもお終いだ。君はもちろん知らないが、おれはヘルメルに手をくだしてしまってる。

クログスタ　いいえクログスタ、わたし知ってる。

リンデ夫人　それでも、気持は変わらない——？

クログスタ　あなたのような人が絶望的になったらどうするかよくわかっているから。

リンデ夫人　ああ、あの手紙を出さなかったことにできたら——

クログスタ　そうできる。手紙はまだ郵便受けの中よ。

クログスタ　ほんとに？

リンデ夫人　ほんとに。だけど――

クログスタ　（探るように彼女を見て）そういうわけか？　どんな代償を払ってでもお友だちを救おうってわけか。さあ、白状しろよ。そうなんだろう？

リンデ夫人　クログスタ、一度人のために自分を売った人間は二度とそんなことはしない。

クログスタ　手紙を戻すよう頼んでみる。

リンデ夫人　いえいえ。

クログスタ　いやそうする。ここでヘルメルが下りてくるのを待って、手紙を返してくれるように頼む、――おれの解雇についてなんで、――読む必要はないと――

リンデ夫人　いいえクログスタ、手紙はとり戻さないほうがいい。

クログスタ　しかしどうなんだ、おれをここに呼び出した本当の理由はそれだったんじゃないのか？

リンデ夫人　ええ、はじめは気が転倒してしまって。でも、きのうからの一日のあいだに、この家では信じられないようなことを目にしてきた。ヘルメルには何もかも知らせるべきよ。この不幸な秘密は白日にさらすべきなの。あの二人はお互い完全にわかり合わなくちゃいけない。こんな嘘やごまかしをいつまでもつづけていくわけにはいかない。

クログスタ　わかった、君がそう言うんなら――。でもおれにもできることが一つある。それを

リンデ夫人　すぐにやろう――
（耳をすまし）急いで！　行って行って！　ダンスが終わった。これ以上、ここにいてはだめ。
クログスタ　下で君を待ってる。
リンデ夫人　ええそうして。わたしを家まで送ってちょうだい。
クログスタ　まったく信じられない、こんな幸せな気持ははじめてだ。

彼は外のドアを通って去る。部屋と玄関ホールのあいだのドアはそのまま開いている。

リンデ夫人　（少し身を整え、外套などをそろえて）何という変わりよう！　ああ、何という！　働いてあげる人がいる、――生き甲斐になる人。家庭のだんらん。ええ、頑張ろう――。早く下りてくればいいのに。（耳をすまし）ああ、やってきた。支度しなくちゃ。（帽子とコートをとりあげる）

ヘルメルとノーラの声が外から聞こえる。鍵がまわされ、ヘルメルがほとんど力ずくで、ノーラを玄関ホールへ引き入れる。彼女はイタリア風の衣裳をつけ、大きな黒いショールを羽織っている。ヘルメルは社交服で、上に黒のドミノ[*72]を引っ掛けている。

ノーラ　（まだドアのところで、抵抗して）いやいやいや、入らない！　上に戻りたい。こんなに早く帰りたくない。

ヘルメル　しかしねえノーラ――

ノーラ　ああ、お願いよトルヴァル、ほんとに、心からお願いする、――あと一時間だけ！

ヘルメル　ただの一分もいけないよ可愛いノーラ。約束じゃないか。さあ、部屋に入って、こんなところにいると風邪を引くぞ。

彼は、いやがる彼女を、やさしく部屋につれて入る。

リンデ夫人　今晩は。

ノーラ　クリスティーーネ！

ヘルメル　何ですリンデさん、こんなに遅く？

リンデ夫人　ええ、ごめんなさい、どうしても衣裳をつけたノーラを見たくて。

ノーラ　ここでわたしを待ってたの？

リンデ夫人　ええ、残念ながら来るのが遅れたものだから、あなたはもう上だった。それでわたし、あなたを見るまで帰る気になれなくて。
ヘルメル　（ノーラのショールをとり）そうら、しかとごらんあれ。見るだけの価値はあると思いますよ。可愛いでしょうリンデさん？
リンデ夫人　ええ、ほんとにそう――
ヘルメル　ふるいつきたいくらいでしょう？　舞踏会でもみんなそう言った。ところがこいつはびっくりするくらい意地っぱりなんですよ――この可愛いおしゃまさんは。どうすればいいんです？　こんなことって考えられますか、ほとんど力ずくで引っぱってきたんです。
ノーラ　ああトルヴァル、あと三十分も許してくれなかったことを、あなたきっと後悔する。
ヘルメル　聞きましたかリンデさん。こいつはタランテッラを踊って――嵐のような喝采を浴びたんです、――その値打ちは十分あった、――まあ、表現にいささか地を出しすぎたきらい[*73]はある。つまり、厳密に言うとだが――芸術的と言うには、少しそれが行きすぎたきらいはある。しかし、そんなことはどうでもいい！　肝心なのは、――喝采を博したということ、嵐のような大喝采。そのあともぐずぐずしているべきでしょうか？　そして効果を台なしにする？　とんでもない、――わたしはこの可愛いカプリ娘を――気ままなちっちゃなカプリ娘を――いわば腕にかかえました。すばやく部屋を突っ切ると、四方八方にお辞儀をして――まさに小説さながら

――麗しき絵姿は消え失せたり。終わりは常に効果的でなくちゃなりませんリンデさん、ところがそれをノーラに納得させるのは不可能なんです。ふっ、ここは暑いな。（ドミノを椅子に投げ出して、自分の部屋のドアを開ける）何だ？　真っ暗。ああそう、当然だ。失礼――

彼は部屋に入り、明かりを二つともす。

ノーラ　（すばやく、息をつまらせてささやく）どう?!

リンデ夫人　（小声で）あの人と話をした。

ノーラ　それで――？

リンデ夫人　ノーラ、――ご主人に全部話さなくちゃいけない。

ノーラ　（声もなく）わかってた。

リンデ夫人　クログスタのことは心配しなくていいの。でも話はしなくちゃいけない。

ノーラ　わたし話さない。

リンデ夫人　じゃ手紙がするでしょう。

ノーラ　ありがとうクリスティーネ。いまはどうすればいいかわかってる。しっ――！

ヘルメル　（再び入ってきて）どうですリンデさん、見とれましたか？

リンデ夫人　ええ。ではわたし、おいとまします。
ヘルメル　何です、もう？　これはあなたの、この編み物は？
リンデ夫人　（それをとって）ああ、すみません。危うく忘れるところでした。
ヘルメル　あなた編み物をなさるんですか。
リンデ夫人　ええ。
ヘルメル　それよりね、むしろ刺繍をされたほうがいい。
リンデ夫人　そうですか？　なぜですの？
ヘルメル　そうですよ、そのほうがずっと綺麗だ。いいですか、刺繍の布を左手にもつ。そうして右手で針を運ぶ――こんなふうに――ゆるやかな長いカーブを描く。違いますか――？
リンデ夫人　ええ、そうでしょうね。
ヘルメル　ところが編み物のほうは――どうみても優雅じゃない。いいですか、両腕をちぢこませて――編み棒が上がったり下がったり。――ちょっと中国風[*74]だな。――ああ、あそこで出たシャンペンは素晴らしかった。
リンデ夫人　じゃ、おやすみノーラ、これ以上、意地をはらないでね。
ヘルメル　いいことを言ってくれましたリンデさん！
リンデ夫人　おやすみなさい頭取。

ヘルメル　（ドアまで彼女を送り）おやすみなさい。無事お帰りになれますね？　本当は喜んで――、しかしまあ、お住まいはそんなに遠くもないから。おやすみなさい。（リンデ夫人は去る。彼はドアを閉めて戻ってくる）ああ、やっと追っ払った。あの女はまったく、退屈極まりない。

ノーラ　とても疲れてるんじゃないトルヴァル？

ヘルメル　いやちっとも。

ノーラ　眠くもない？

ヘルメル　ぜんぜん、それどころか元気いっぱいだ。しかしおまえはどうだ？　そう、ひどく疲れて眠そうだけど。

ノーラ　ええ、とても疲れた。もうすぐに眠りたい。

ヘルメル　そうらね！　あれ以上長居しなくて、おれが正しかっただろう。

ノーラ　ええ、あなたのすることは何でも正しい。

ヘルメル　（彼女の額にキスをして）やっとヒバリが人間らしい口をきくようになった。それはそうと、今晩ランクは馬鹿にはしゃいでたな、気がついてた？

ノーラ　そう？　はしゃいでた？　先生とはお話しする機会がなかったから。

ヘルメル　おれもほとんどなかった。だけど、やつがあんなに陽気なのを見たのは久しぶりだ。（しばし彼女を見つめて、それから近づき）ふん、――実に素敵だ、わが家に戻り、お

ノーラ　まえと二人きりというのはな。――ああ、汝、魅惑的なる美しき乙女よ！

ヘルメル　そんなふうにわたしを眺めないでトルヴァル！

ノーラ　おれのいちばん高価な持ちものを眺めちゃいけないのか？　何よりも大切な、おれの、おれだけの、身も心も。

ヘルメル　（テーブルの反対側にまわり）今夜は、そんなふうに話しちゃいけない。

ノーラ　（あとを追い）おまえの血の中にはまだタランテッラが残っている、それがわかる。それでますます引きつけられる。聞こえるか！　客が帰りはじめた。（より低く）ノーラ、――すぐにアパートメント全体が静かになる。

ヘルメル　ええ、そうなってほしい。

ノーラ　そうだろ、おれの愛するノーラ？　ああ、わかるか、――パーティで一緒にいても――なぜおまえとあまり話をしなかったか、遠くから、ときどきおまえを盗み見していただけで。――どうしてそんなことをしていたか、わかるか？　それはね、空想していたんだ、おまえはおれのひそかな恋人で、若いひそかな婚約者で、二人の仲をだれ一人感づいていない。

ヘルメル　そうそうそう。よくわかってる、あなたはわたしのことだけを思ってる。

ノーラ　部屋を出るとき、おれはおまえの、そのなめらかな若々しい肩のまわりに、――その素晴らしくしなやかな首のまわりにショールを掛けたとき――そのときおれは想像した、おまえはおれの新妻、ちょうど結婚式から戻るところ、おまえをはじめておれの住まいにつれて行く――はじめて二人きりになる――まったくの二人、身がふるえるほどに美しい娘と！　一晩中おれはおまえだけを求めていた。おまえが激しく挑むように、気をそそるようなタランテッラを踊っているのを見ていて、――おれの血は燃え立った。我慢できなくなった、――だからなんだ、こんなに早く引っぱってきたのは――

ノーラ　もう行ってトルヴァル！　放っといて。そんなことわたしはいや。

ヘルメル　どういうことだ？　からかってるのか可愛いノーラは。いやだって？　おれは夫じゃないのか――？

外のドアにノックの音。

ノーラ　（びくっとして）聞いた――？

ヘルメル　（玄関ホールに向かい）だれだ？

ランク　（外で）ぼくだ。ちょっと入っていいか？

ヘルメル　（小声で、不機嫌に）いったい何をしようってんだ？　（大きな声で）ちょっと待ってくれ。（行って、ドアを開ける）やあ、よく素通りせずに寄ってくれたね。

ランク　君の声を聞いたように思ったんでね、ちょっと中をのぞきたくなったんだ。（さっとあたりを見まわして）ああ、何と、このなじみ深き部屋よ。ここで君たちは満ち足りている、君たち二人で。

ヘルメル　君だって、上ではずいぶん満ち足りているように見えたがね。

ランク　まったくだ。どうしていけない？　どうしてこの世のすべてを手に入れてはいけない？　少なくともできるだけたくさん、できるだけ長く。ワインは最高だった――

ヘルメル　シャンペンは特に。

ランク　わかってた？　まったく信じられんくらいこの喉につぎ込んでやったよ。

ノーラ　トルヴァルも今晩はずいぶんシャンペンを飲んだ。

ランク　そう？

ノーラ　ええ、そのあとはいつでもこんなふうに陽気なの。

ランク　ああ、有意義なる一日を送りしのちに、一晩を楽しくすごしてはならないものでしょうか。

ヘルメル　有意義？　そいつは残念ながらおれには言えないね。

ランク　（ヘルメルの肩をたたき）しかし、ぼくには言えるんだよ君！

ノーラ　ランク先生、あなた今日、科学検査をなさったのね？

ランク　そのとおり。

ヘルメル　おやおや、可愛いノーラが科学検査だって！
ノーラ　で、無事に結果が出たことをお喜びしていいの？
ランク　ええ、たしかに。
ノーラ　それで良好だった？
ランク　医者と患者が望み得る最良の結果——最終確定です。
ノーラ　（すばやく、探るように）最終確定？
ランク　完璧な確定。そんなことのあとで一晩はしゃぎまわったって当然じゃありませんか。
ノーラ　ええ、おっしゃるとおりよランク先生。
ヘルメル　おれもそう思うよ。ただ、あした頭が痛いなんて言わないようにね。
ランク　まあ、この世では何ごともただでは手に入らない。
ノーラ　ランク先生、——仮装舞踏会がとてもお気に召したのね？
ランク　ええ、面白い扮装がたくさんありましたからね。
ノーラ　ねえ、わたしたち二人、次の仮装舞踏会には何になったらいいと思う？
ヘルメル　いい加減なやつだな——もう来年のことを考えてる！
ランク　ぼくたち二人？　そう、言いましょう。あなたは幸福の天使——
ヘルメル　うん、だけどそんな衣裳があるかね。
ランク　日ごろの奥さんの、あるがままでいい——

ヘルメル　これはうまい言い草だ。それで君は何になるか決めてるのか？
ランク　むろんだよ君、もうはっきり決めている。
ヘルメル　それで？
ランク　次の仮装舞踏会では、ぼくは見えない人間になる。
ヘルメル　妙なアイデアだな。
ランク　大きな黒い帽子――。隠れ帽子*75のこと聞いたことがないか？　そいつをかぶると姿が見えなくなる。
ヘルメル　（笑いを抑え）いや、君の言うとおりだ。
ランク　そうだ、何でここに寄ったのかすっかり忘れていた。ヘルメル、シガーを一本くれないか、黒いハバナを。
ヘルメル　ああ喜んで。（ケースを差し出す）
ランク　（一本とって、先を切り）ありがとう。
ノーラ　（マッチをすり）火をどうぞ。
ランク　これはありがとう。（ノーラはマッチの火を差し出し、彼は火をつける）それじゃ、さようなら！
ヘルメル　さようならさようなら君。
ノーラ　おやすみなさい*76ランク先生。

ランク　どうもありがとう。
ノーラ　わたしにも言ってちょうだい。
ランク　あなたにも？　ええ、お望みなら――。おやすみなさい。それから、火をありがとう。

彼は、二人にうなずいて去る。

ヘルメル　（抑えた声で）かなり酔ってたな。
ノーラ　（うわの空で）たぶんね。

ヘルメルは、ポケットから鍵束を出し、玄関ホールへ出て行く。

ノーラ　トルヴァル――何をするの？
ヘルメル　郵便受けを空にしなくちゃ。いっぱいだ。あしたの新聞も入らない。
ノーラ　今晩もお仕事？
ヘルメル　わかってるだろう、しやしないよ。――これは何だ？　鍵穴に何かつまってる。
ノーラ　鍵穴に――？

ヘルメル　うん、つまってる。どういうことだ？　まさか女どもが――？　折れたヘアピンだ。
ノーラ　ノーラ、これはおまえの――
ヘルメル　（急いで）きっと子どもたちよ――
ノーラ　こんなこと、絶対にやめさせなくちゃ。ふん、――ああ、やっとあいた。（中身を取り出し、台所に向かって大声で）ヘレーネ？　――ヘレーネ、入口のランプを消してくれ。

彼は再び部屋に入り、玄関ホールへのドアを閉める。

ヘルメル　（手紙を手にもって）ほうら。見ろよ、こんなにたまってた。（ぱらぱらと見て）何だこれは？
ノーラ　（窓のところで）手紙！　ああ、やめてやめてトルヴァル！
ヘルメル　名刺が二枚――ランクのだ。
ノーラ　ランク先生の？
ヘルメル　（名刺を見て）医学博士ランク。*77　いちばん上にあった。帰りがけに入れたんだな。
ノーラ　何か書いてある？
ヘルメル　名前の上に黒い十字が書いてある。ほら。まったく、いやないたずらだ。まるで自分の死亡通知じゃないか。

ノーラ　そうなのよ。

ヘルメル　ええ？　何か知ってる？　何か言ってたのか？

ノーラ　ええ。名刺が来たら、それがわたしたちへのお別れなの。一人で閉じこもって死にたいんですって。

ヘルメル　かわいそうに。いずれそう長くはないと思っていたが。こんなにすぐとはな――。それで傷ついた獣みたいに身を隠そうとする。

ノーラ　どうせそうなるなら、黙ってするのがいちばんよ。違うトルヴァル？

ヘルメル　（部屋を行き来し）あいつは家族の一員みたいだった。あいつがいない生活なんて考えられない。あいつの苦しみや孤独は、いわば陰となって、おれたちの明るい幸せを際立たせてくれていた。――いや、こうするのがいちばんいいんだろう。ともかく彼にとってはね。（立ち止まり）おそらくおれたちにもなノーラ。さあ、いまは二人で寄り添おう。（両腕で彼女を抱き）ああ、愛しい妻、いくら強く抱いても抱き足りない気がする。わかるかノーラ、――ものすごい危険がおまえに襲いかかればいいとなんども思ったものだ、そのときはおまえのために、身も心も、一切を投げ出してやれるからな。

ノーラ　（身を離し、強く、きっぱりと言う）さあ、その手紙を読んでトルヴァル。

ヘルメル　いやいや、今夜はよそう。一緒にいたいんだよ愛する妻と。

ノーラ　お友だちが死ぬことを考えながら――?

ヘルメル　そうだな。おれたち心が乱れたな。二人の間にいやなものが入ってきた。死、別れ、この思いから抜けださなくちゃ。それまで――。しばし別々に。

ノーラ　(彼の首に抱きつき)トルヴァル、――おやすみ!　おやすみ!

ヘルメル　(彼女の額にキスをし)おやすみ、おれの小鳥ちゃん。ゆっくりお眠りノーラ。さあ、手紙に目を通そう。

彼は手紙の束をもって自分の部屋へ入り、ドアを閉める。

ノーラ　(おびえた目で、あたりを探り、ヘルメルのドミノをつかむと、それを身にまとい、早口に、しわがれ声で、とぎれとぎれにささやく)もう決して会わない。決して、決して、決して。(ショールで頭を覆い)子どもたちにも、もう決して会わない。あの子たちにも。決して、決して。――ああ、氷のように冷たい真っ黒な水。あの底なしの――。あの――。ああ、これが終わりさえすれば――。いまだ、いま読んでいる。ああ、いえいえ、まだよ。トルヴァル、さようなら、あなた、子どもたち――

彼女は、玄関ホールから急いで出て行こうとする。同時にヘルメルが部屋のドアをばたんと開け、開封した手紙を手に出てくる。

ヘルメル　ノーラ！

ノーラ　（高く叫ぶ）ああ――！

ヘルメル　これは何だ？　ここに何が書いてあるか知ってるのか？

ノーラ　ええ、知ってる。行かせて！　出て行かせて！

ヘルメル　（彼女をつかんで引き戻し）どこへ行くんだ？

ノーラ　（離れようともがいて）わたしを救っちゃいけないトルヴァル！

ヘルメル　（よろめいて、あとずさりし）事実！　やつの言ってることは事実なのか？　恐ろしい！　いやいや、そんなことあるはずがない、これが事実だなんて。

ノーラ　ほんとなの。わたしはこの世の何よりもあなたを愛していたの。

ヘルメル　ばかげた言い訳はやめろ。

ノーラ　（彼のほうへ一足近づき）トルヴァル――！

ヘルメル　とんでもないやつ――いったいおまえは何をしたんだ！

ノーラ　行かせて。身代わりになっちゃいけない。あなたのせいにしちゃいけない。

ヘルメル　茶番[*78]はやめろ。（玄関ホールへのドアに鍵を掛け）おまえはこれを、おれの責任にしようと言うのか。わかってるのか自分のしたことが？　答えろ！　わかってるのか？

ノーラ　（彼をじっと見て、こわばった表情で言う）ええ、いまやっと本当のことがわかりかけてきた。

ヘルメル　（部屋を歩きまわる）ああ、初めて気がついた、何て恐ろしい。この八年間ずっと――おれの喜び、おれの誇り、その女が――偽善者、嘘つき、――もっと悪いもっと悪い――犯罪者！　――ああ、何もかもぞっとする、恐ろしい！　畜生、畜生め！

ノーラは沈黙のまま、ずっと彼を凝視している。

ヘルメル　（彼女の前に立ち）こういうことが起こると気づくべきだった。前もってわかってるべきだった。おまえの親父の軽はずみな考え方――。黙れ！　親父の軽はずみを、おまえはみんな受けついでいる。無宗教、無道徳、義務感の欠如――。ああ、親父のしたことを見逃してやった報いがこれか。あれはおまえのためにしたんだぞ。そのお返しがこれなのか。

ノーラ　ええ、これが。

ヘルメル　おまえのせいでおれの幸せはめちゃめくゃになった。未来が全部踏みつけられた。ああ、思っても恐ろしい。良心もない男の意のままになる。あいつはおれを何とでもできる、何でも要求できる。好きなように命令できる——おれはぐうの音も出ない。軽はずみな女のために、みじめにどん底まで落ちて行く！

ノーラ　わたしがこの世からいなくなれば、あなたは自由。

ヘルメル　見せかけはやめろ。そういう口先だけのごまかしがおまえの親父はお手のものだった。おまえがいなくなったって何の役に立つ？　これっぽっちも立ちゃしない。あいつはやっぱり、これをおおっぴらにできるだろう。そうすれば、おれはおまえの犯罪行為を知ってたと疑われる。おそらく、おれが後ろで操ってたと思うだろう、——おまえをそそのかしてたって！　それもこれもみんなおまえのせいだ、結婚してからずっと大事にしてきたおまえのせいだ。おれに何をしたか、これでわかったか？

ノーラ　(冷たく落ち着いて) ええ。

ヘルメル　まったく信じられない、わけがわからない。だが何とかとり繕わなくちゃ。ショールをとれ。とれと言うんだ！　何とかしてあいつをなだめよう。どうあっても抑えておかなくちゃ——おれとおまえの間は、いままでどおりに見かけておく。むろん世間体だけだ。おまえはやはりこの家に住む、言うまでもない。しかし、子どもの教育はさせない。おまえには任せられない――ああ、あんなに深く愛していた女にこんなことを言わなくちゃならんとは。いまでもおれは――！　ああ、お終いだ。これからはもう幸せなんて考えられない。考えなくちゃならんのは後始末だ、あれこれどうするか、どう見せるか――

入口の呼び鈴が鳴る。

ヘルメル　（びくっとして）何だ？　こんなに遅く。もっと悪いこと――！　まさかあいつが――？　隠れろノーラ！　病気だと言え。

ノーラは動かずに立ったまま。
ヘルメルが玄関ホールへのドアに行き、開ける。

手伝い　（服を半ば着た格好で、玄関ホールで）奥さまにお手紙です。

ヘルメル　おれに渡せ。（手紙をつかんで、ドアを閉める）うん、あいつからだ。おまえには渡さない。おれが読む。

ノーラ　どうぞ。

ヘルメル　（ランプのそばで）読むのが恐い。もしかしたら、おれたちは終わりかもしれない。おまえもおれも。いや、読まなくちゃ。（急いで封を切り、数行、走り読みする。同封の別の紙片を見て、喜びの声）ノーラ！

ノーラは、いぶかしげに彼を見る。

ヘルメル　ノーラ！　――いや、もう一度読ませてくれ。――うんうん、たしかだ。おれは助かった[*79]！　ノーラ、おれは助かったよ！

ノーラ　わたしは？

ヘルメル　おまえもだもちろん。おれたちは助かったんだ、二人とも、おまえもおれも。見ろ。あいつは借用証書を返してきた。悪かった、後悔してると書いてある――。あいつの人生に幸福な転機が来たんだと――。ああ、書いてることなんかどうでもいい。おれたちは助かったんだノーラ！　おまえをどうかするものはもういない。ああ、ノーラノーラ――、いや、先にこのぞっとするものを始末してしまおう。どら――（借用証書を一瞥して）いや、見ないでおく。何もかもいっときの夢だったにすぎない。（証書と二通の手紙を切れ切れに裂いて、全部を暖炉に投げ込み、燃えるのを見守る）さあ、もう消えてしまった。――手紙に書いてあったが、クリスマスイブからおまえは――。ああ、この三日間、ほんとに恐ろしい思いをしてきたんだなノーラ。

ノーラ　この三日間、それはつらい闘いだった。

ヘルメル　一人で苦しんで、どうしていいかわからず――。いや、いやなことはみんな忘れてしまおう。ただ喜びの声をあげる、なんどでも、終わった終わった！　聞いてるのかノーラ。わけがわからないらしいな、終わったんだよ。どうしたんだ――そんなかたい顔をして？　ああ、かわいそうにノーラ、よくわかるよ。おれが許すなんて信じられないんだろう。いやそうなんだノーラ。誓うよ、すべて許す。おまえがしたことは、おれへの愛情のあらわれだ、よくわかってる。

ノーラ　そのとおりよ。

ヘルメル　おまえはおれを愛した、妻として、夫に対する正しい愛情だ。ただちょっと理解が足りなかった。だからどうしていいかわからなかった、それだけだ。しかしやり方を誤ったからって、おれの愛情が薄れると思うのか？　とんでもない。さあ、おれを頼りにしろ。助けてやる、教えてやる。そういう女の弱さがおまえを二倍にも魅力的にする。それを感じないならおれは男じゃない。さっき驚いて言ったきつい言葉は気にするな。あのときは、何もかも一度におれが背負わなくちゃならないと思ったんだ。おまえを許すよノーラ。誓う、おまえを許す。

ノーラ　お許しくださってありがとう。

彼女は右手のドアから去る。

ヘルメル　おい、待てよ――。（中をのぞいて）そっちの小部屋[*80]で何をするんだ？

ノーラ　（中から）仮装を脱ぐの。[*81]

ヘルメル　（開いたドアのところで）ああ、それがいい。ゆっくり気を落ち着けて、また元気になれ、可愛いおびえた小鳥ちゃん。安心して休め、おれが羽を広げて包んでやる。（ドアの近くを歩きまわりながら）ああ、わが家は何ていいんだノーラ。ここはおまえを守る場所だ。鷲の爪から無傷のまま救ってやった鳩のように、ここでおまえを守ってやってる。かわいそうに、胸の動悸も静めてやる。少しずつなノーラ。おれを信じろ。あしたになればすべてが違ってくる。何もかもが前と同じになる。もう、許すなんて繰り返し言う必要もなくなる。それを、おまえも間違いなく感じるようになる。縁を切るとか、ただただ罵倒するとか、そんなことをおれが思ったとでもいうのか？　ああ、おまえは本当の男の心根というものを知らないんだノーラ。男にとって、妻を許した――心の底から許したと自分で言い切れることくらい、なんとも言えない甘い満足感を与えてくれることはないんだ。妻はいわば二重の意味で自分のものとなる。新しくこの世に生まれさせたようなものだ。言ってみれば、妻でありわが子となる。おまえも今日からはそうなる、可愛い途方にくれた赤ちゃん。何も心配することはないんだノーラ、ただ、何でもおれに打ち明けろ。おれがおまえの心とも良心ともなってやる。——何だこれは？　寝るんじゃないのか？　また服を着て？

ノーラ　（普段着姿で）ええトルヴァル、着替えをした。

ヘルメル　しかしどうして、いま、こんなに遅く——？

ノーラ　今夜はわたし寝ない。

ヘルメル　しかしノーラ——。

ノーラ　（自分の時計を見て）まだそんなに遅くない。座ってトルヴァル、お互い話すことがたくさんある。

彼女はテーブルの一方の側に腰を下ろす。

ヘルメル　ノーラ——どういうことだ？　そんなかたい顔をして——

ノーラ　腰を下ろして、長くなるから。話すことがたくさんある。

ヘルメル　（彼女に向かって、テーブルに座り）脅かすなよノーラ。さっぱりわからない。

ノーラ　ええそれなの。あなたはわたしを理解しない。わたしもあなたのことをぜんぜん理解していなかった——今晩まで。いいえ口をはさまないで。わたしの言うことをただ聞いていてほしい。——これは最後の納めなのトルヴァル。

ヘルメル　どういう意味だ？

ノーラ　（短い沈黙のあと）変だと思わない、ここにこうして座っていて？

ヘルメル　何が変なんだ？

ノーラ　わたしたち、八年間夫婦だった。気がつかない？　これがわたしたち二人、あなたとわたし、夫と妻が真面目に話をする最初よ。

ヘルメル　真面目にって——どういうことだ？

ノーラ　まる八年間、——いいえもっと長い、——お互い知り合ってからずっと、わたしたち真面目なことについて真面目に言葉を交わしたことが一度もない。

ヘルメル　それじゃ、おまえには何も助けられないとわかっている心配事を、いちいち相談しろと言うのか。

ノーラ　心配事のことを言ってるんじゃない。わたしが言ってるのは、お互い真面目になって、何でもとことん話し合おうとしたことが一度もなかったということなの。

ヘルメル　しかしノーラ、そんなことがおまえには何だったたっていうんだ？

ノーラ　そこよ問題は。あなたは一度だってわたしを理解しなかった。——わたしは誤って

ヘルメル　しつけられてきたのトルヴァル。最初はパパに、それからあなたに。

ノーラ　何だって！　おれたちに――だれよりもおまえを愛したおれたち二人に？

ヘルメル　（頭を振って）あなたたちはわたしを愛したことなんかない。好きだといって楽しんでいただけ。

ノーラ　ノーラ、何てことを言うんだ！

ヘルメル　ええ、そうなのトルヴァル。家では、何にでもパパが自分の考えを言った。だからわたしも同じ考えしかもたなかった。違ったときはそれを隠した、パパがいやがったから。パパはわたしをお人形ちゃんと呼んだ。わたしと一緒に遊んでいたの、わたしが自分のお人形と遊んでいたように。そしてわたしはあなたの家に移ってきた――

ノーラ　おれたちの結婚のことを何て言い方するんだ？

ヘルメル　（動じず）つまり、わたしはパパの手からあなたの手に移ったの。あなたは何にでも自分の好みを主張する。だからわたしも同じ好みになった。それともそんなふりをしていた。よくわからない――、両方かしら、本当にそうだったり、そんなふりをしたり。思い返してみると、わたしの生活は貧しい物もらいだった気がする――ただ手から口へ運ぶだけ。わたしはあなたの前で見世物をやって食べさせてもらってたトルヴァル。でもそれがあなたの望みだった。あなたとパパはわたしに大きな

ヘルメル　罪を犯した。わたしが成長しなかったのはあなたたちのせい。
ノーラ　ノーラ、わけのわからないことを言ってる、何という恩知らずだ！　おまえはここで幸せじゃなかったと言うのか？
ヘルメル　ええ一度も。幸せだと思っていた。でもそうじゃなかったの。
ノーラ　そうじゃない――幸せじゃない！
ヘルメル　ええ、陽気なだけ。あなたはいつもやさしかった。でもこの家は遊び部屋[*82]にすぎなかったの。ここでわたしはあなたの奥さん人形になった。結婚前、パパのお人形だったように。そして子どもたち、あの子たちはまた、わたしのお人形になった。あなたが遊んでくれるとわたしはとてもうれしかった。子どもたちと遊んでやるとあの子たちがうれしがったように。これがわたしたちの結婚生活だったのトルヴァル。
ヘルメル　おまえの言うことにも、たしかに一理ある、――ひどくおおげさで極端な言い方だが。しかしこれからは変えることにしよう。遊びの時間は終わりだ、これからは教育の時間にする。
ノーラ　だれの教育？　わたしの、子どもたちの？
ヘルメル　おまえと子どもたち、両方だよノーラ。
ノーラ　いいえトルヴァル、あなたにはわたしを正しい妻に教育することはできない。

ヘルメル　何を言う？

ノーラ　それに、わたしに――どうして子どもたちを教育する資格があるの？

ヘルメル　ノーラ！

ノーラ　あなた、ついさっきご自分で言ったでしょ、――子どもたちの教育は任せられないって。

ヘルメル　ついかっとなったんだ！　どうしてそんなことを気にする？

ノーラ　いいえ、あなたの言うとおりよ。わたしにそんな力はない。それより先にしなくちゃならないことがある。わたし自身を教育すること。あなたには助けられない。これはわたし一人でしなくちゃならないこと。だからいま、わたしはあなたと別れます。

ヘルメル　（とび上がって）何を言ってるんだおまえは？

ノーラ　わたしは自分のことを学ぶ、外の世界のことを学ぶ、そのためにはまったく一人になる必要がある。だからこれ以上あなたと一緒にはいられない。

ヘルメル　ノーラノーラ！

ノーラ　いますぐにここを出て行きます。今夜はクリスティーネのところに泊めてもらいます――

ヘルメル　おまえは正気じゃない！　許さない！　おれが禁じる！

ノーラ　これからはわたしを禁じることなんかできない。わたしは自分のものだけをもって行く。あなたからは何ももらわない、いまも、これからも。
ヘルメル　こんなこと、狂ってるとしか思えない！
ノーラ　あした家に戻ります――昔の家にね。あそこのほうが何をするにも楽だから。
ヘルメル　ああ、何も知らない何の経験もないおまえが！
ノーラ　経験をつむように努めるトルヴァル。
ヘルメル　家を捨てる、夫も子どもも！　人が何と言うか、考えないのか。
ノーラ　人の言うことは気にしない。どうしてもこうすることが必要だとわかってるだけ。
ヘルメル　ああ、とんでもないことだ。そうやっておまえは、もっとも神聖な義務を放り出すのか。
ノーラ　何が、わたしの神聖な義務だと言うの？
ヘルメル　そんなことまで言わなくちゃならないのか！　夫と子どもたちに対する義務だ、違うか？
ノーラ　ほかにも同じように神聖な義務がある。
ヘルメル　そんなものはない。どんな義務だ？
ノーラ　わたし自身に対する義務。
ヘルメル　おまえは何よりまず、妻であり母親なんだ。

ノーラ　もうそんなこと信じない。わたしは何よりまず人間、わたしも、あなたと同じ――ともかくそうなるように努める。わかってます。みんなはあなたのほうが正しいと言うでしょう、本にもそう書いてある。[*83] でもわたしはもう人が言ったり本に書いてあることで満足しない。わたしは何ごとも自分で考えて、本当のことを知りたいと思う。

ヘルメル　わからないのか、この家の中でおまえはどうあるべきなのか？　そういうことをちゃんと教えてくれるものはないのか？　宗教はどうだ？

ノーラ　ああトルヴァル、わたし宗教って何か、ほんとにわからないの。

ヘルメル　何を言ってるんだ！

ノーラ　堅信礼のときにハンセン牧師さまがおっしゃったこと以外、何も知らないの。牧師さまがおっしゃったのは、宗教とはこういうもの、ああいうもの。ここを出て一人になったら、それも調べてみる。ハンセン牧師さまの言葉が正しいかどうか、ともかくわたしにとって正しいかどうか。

ヘルメル　いや、前代未聞だ、そんなことを若い女が口にするとは！　しかし宗教が導きにならないなら、おまえの良心に聞こう。おまえにだって道徳心はあるだろう？　それとも、どうだ――それもないのか？

ノーラ　ああトルヴァル、うまく答えられない。ぜんぜんわからない。何もかもがごっちゃごちゃになってしまったの。わかっているのは、わたしの考えがあなたとはまるで違うということ。法律も思っていたようなものじゃなかった。でもそんな法律が正しいなんてどうしても納得できない。女には、死にかけている年老いた父親に心配をかけずにすませる権利がないなんて、夫の命を救う権利がないなんて！　そんなことわたしには信じられない。

ヘルメル　おまえの言い草はまるで子どもだ。自分が住んでいるこの社会というものがわかっていない。

ノーラ　ええ、わかっていない。だからこれから学ぼうと思う。社会とわたしのどちらが正しいか見極めなくちゃならない。

ヘルメル　病気だノーラ。熱があるんだ。とても正常とは思えない。

ノーラ　今晩のような、はっきりとした澄みきった気持はこれまで一度もなかった。

ヘルメル　じゃ、そのはっきりとした澄みきった気持で、夫と子どもを捨てるのか？

ノーラ　ええそうなの。

ヘルメル　それじゃ、それを説明する理由は一つしかない。

ノーラ　どんな？

ヘルメル　おまえはもう、おれを愛していないいんだ。

ノーラ　ええ、そのとおりなの。

ヘルメル　ノーラ！　――そこまで言うのか！

ノーラ　ああ、つらいトルヴァル。あなたはいつもやさしくしてくれた。でもどうしようもない。わたしはもうあなたを愛していない。

ヘルメル　（やっと平静さを保ちながら）それも澄みきった心の確信なのか？

ノーラ　ええ、心の底まで澄みきってる。だからこれ以上ここにはいられない。

ヘルメル　じゃ教えてくれないか、どうしておれはおまえの愛情をなくしたんだ？

ノーラ　ええ、それなら言える。今晩、素晴らしい奇蹟は起こらなかった。それであなたは思っていたような人じゃないとわかったの。

ヘルメル　どういうことだ、もっとわかるように話してくれ。

ノーラ　わたしはこの八年間、辛抱強く待っていた。もちろんわたしだって、奇蹟というものが毎日のように起こるとは思っていない。でもこの災難がふりかかってきたとき、いまこそ奇蹟が起こると堅く信じた。クログスタの手紙があそこに投げ込まれたとき――あなたがあの男の言いなりになるなんて夢にも思わなかった。わたしは堅く信じていた、あなたはあの男に向かって叫ぶだろう、世界中に公表しろって。それでそうなったとき――

ヘルメル　ああ、どうなんだ？　自分の妻を恥とスキャンダルに陥れて、それから――！

ノーラ　そうなったとき、あなたは進み出てすべてを身に引き受け、罪は自分にあると告白する、そう確信していた。

ヘルメル　ノーラ――！

ノーラ　そんなあなたの犠牲を、わたしは受け入れないだろうって？　ええもちろんよ。でもわたしがどうしようと、それがあなたには何だっていうの？　――わたしが、恐ろしさにふるえながら望んでいたのはこの素晴らしい奇蹟。それをやめさせるために、わたしは命を捨てるつもりでいた。

ヘルメル　おまえのためなら喜んで昼も夜も働くよノーラ、――おまえのためなら悲しみにも苦しみにも耐えてみせる。だが、たとえ愛するもののためだろうと、自分の名誉を捨てるものはいない。

ノーラ　何万何十万という女がそうしてきた。

ヘルメル　ああ、おまえの考えも言うことも、まるで聞き分けのない子どもみたいだ。

ノーラ　そうかもしれない。でもあなたの考えも言うことも、納得できる男のようじゃまるでなかった。あなたは、わたしにじゃなく、自分にふりかかったことにおびえたくせに、それが何でもないとわかったら――何の危険もないとわかったら――まるで何ごともなかったみたいに元に戻った。わたしはまったく前と同じ、あなたのひばりちゃん、あなたのお人形。壊れやすいとわかったから、これからはもっと大切に扱おうというだけ。（立ち上がって）トルヴァル、――そのときわたし気がついたの、

ヘルメル　この八年間、わたしは見ず知らずの人と暮らしてきた、そして三人の子どもを生んだ――。ああ考えただけでもたまらない！　この体を切れ切れに引き裂いてしまいたい。
ノーラ　（重く）わかった、わかったよ。おれたちのあいだにはたしかに溝ができてる。
ヘルメル　――だけどノーラ、その溝は埋められないものだろうか？
ノーラ　いまのままでは、わたしはあなたの妻とは言えない。
ヘルメル　おれは別人になってみせる。
ノーラ　たぶん、――あなたからお人形がとり上げられたらね。
ヘルメル　別れる――おまえと別れる！　いやだいやだノーラ、そんなこと考えられない。
ノーラ　（右手の部屋に行く）じゃ、なおのこと別れなくちゃ。

彼女は、外套類と小さな旅行鞄をもって戻ってくる。それらをテーブルのそばの椅子におく。

ヘルメル　ノーラノーラ、いまはやめてくれ！　あしたまで待ってくれ。
ノーラ　（コートを着ながら）見ず知らずの人と同じ部屋で夜をすごすことはできない。
ヘルメル　しかし、兄と妹、そうやってここに住むことはできないか――？

ノーラ　（帽子の紐を結びながら）そんなこと長続きしないの、よくわかってるでしょう――。（ショールを羽織って）さようならトルヴァル。子どもたちには会わずにおきます。わたしよりずっとよく世話をしてくれるものがついている。いまのわたしでは、あの子たちの何の役にも立ちはしない。

ヘルメル　しかしいつかノーラ、――いつか――？

ノーラ　わたしにどうしてわかる？　わたし、自分がどうなるかもぜんぜんわからないの。

ヘルメル　しかし、おまえはおれの妻だ、いまもこれからも。

ノーラ　ねえトルヴァル――妻が夫の家を去ったとき[*84]、いまのわたしのように、そのとき夫は、法律によって妻に対する一切の義務から解放されると聞いている。とにかく、わたしはあなたをすべての義務から解放する。わたしが何にも縛られないように、あなたも何にも縛られない。互いに完全に自由。さあ、あなたの指輪を返します。わたしのをちょうだい。

ヘルメル　これも？

ノーラ　これも。

ヘルメル　さあ。

ノーラ　これで、ええ、すべて終わり。鍵はここにおきます。家のことは何でも女中たちがわきまえているから――わたしよりずっとよく。あしたわたしが発ったら、クリス

ノーラ　ティーネに、わたしが家からもってきたものをまとめに来てもらうから、あとで送ってちょうだい。

ヘルメル　お終いお終い！　ノーラ、もうおれのことは心になくなるのか？

ノーラ　きっとなんども心に浮かんでくるでしょう、あなたのこと、子どもたちのこと、それにこの家。

ヘルメル　手紙を書いてもいいかノーラ？

ノーラ　いいえ、――だめ。書いてはいけない。

ヘルメル　ああ、しかし何か送るのは――

ノーラ　何も、何もいけない。

ヘルメル　――困ったときに助けるのは。

ノーラ　いいえ、はっきり言います。見ず知らずの人からは何ももらわない。[*85]

ヘルメル　ノーラ――おれはおまえにとって、見ず知らずでなくなることはないのか？

ノーラ　(旅行鞄をもち) ああトルヴァル、そのためにはもっとも素晴らしい奇蹟[*86]が起こらなくちゃ――

ヘルメル　その奇蹟を言ってくれ！

ノーラ　それには、あなたもわたしも人が変わって――。ああトルヴァル、わたしはもう奇蹟なんて信じない。

ヘルメル　しかしおれは信じる。言ってくれ！　おれたちの人が変わって——？

ノーラ　二人一緒に暮すことが、本当の結びつきになる。[*87] さようなら！

彼女は、玄関ホールから出て行く。[*88]

ヘルメル　（ドアのそばの椅子にくずれおち、両手で顔を覆う）ノーラ！　ノーラ！（まわりを見て、立ち上がる）空っぽ。ノーラはもういない。（一つの希望が湧いて）もっとも素晴らしい奇蹟——?!

下のほうから、門の扉が閉められるバタンという大きな音が聞こえる。

注

以下の注で、語句や生活習慣の説明の多くは、新イプセン全集の『人形の家』の注釈を参考にしている（*Henrik Ibsens skrifter*, Innledninger og kommentarer, 7, utgitt av Universitetet i Oslo, Oslo: Aschehoug, 2008）。

注の末尾にある〔 〕内は、その注のある頁を指す。

＊1 〈ヘンリック・イプセン〉Henrik Ibsen. 日本では、初期受容期から長く、イブセンと表記されていたが、鷗外は例外的で、イプセンあるいはアルファベットで Ibsen と表記していた。それが、小説『青年』では一般の表記にしたがってイブセンとなっている。最初に、イブセンではなくイプセンであると指摘したのは、しさべのめかり「日本におけるイプセン劇の誤訳を嗤ふ（一）」（『新日本』大正三年八月）だが、一般にイプセンと呼ばれるようになるのは昭和に入ってからだろう。厳密には、イプセンが正しいが、実際には、pとbは明確に区別されて知覚されるものではないようである。なお、ファーストネームは、ヘンリクとするものがいるが、ヘンリックのほうが、原発音に近いと思われる。日本ではときに、ミドルネームの Johan（ヨーハン）を記すものがいるが、欧米では、母国のノルウェーでも、Henrik Ibsen にミドルネームを加える表記は、ほとんどない。〔7〕

＊2 〈『人形の家』〉作品原題 *Et dukkehjem.* Et は不定冠詞。dukkehjem は dukke（人形）と hjem（家

庭〉の合成語で、字義どおりなら〈人形家庭〉。邦題「人形の家」は英訳の題名*A Doll's House*の訳として使われたのではないか。英語では、doll's homeという言い方はない。しかし、doll's houseは、いわばミニアチュアの家で、そこに人形をおいて遊ぶ子どもの玩具であり、これはノルウェー語では、通常、dukkestue(stue＝部屋)と呼ばれた。のちには、子ども自身が中で遊ぶ、小さな、しかし実物どおりの作りの家を指し、人形のためのミニアチュアはdukkehus(hus＝家)と呼ぶようになる。したがって、劇の題名dukkehjemは、自分の新造語であるとイプセンは言っているが(一八八〇年一月三日付、Erik af Edhom宛手紙)、かつての学生時代の友人Paul Botten-Hansenの戯曲*Huldrebryllupet*(妖精の結婚式)でも使われていた。ドイツ語訳では、はじめ*Nora*を題名としたので(Wilhelm Lange訳『ノーラまたは人形家庭』*Nora oder Ein Puppenheim*)、日本でも鷗外訳など初期の翻訳には、『ノラ』としたものがある。

〈三幕の劇〉skuespil i tre akter. skuespil(現綴skuespill)は英語ではplayだが、劇一般というより、劇の分類として真面目な劇を指す。イプセン作品には他に、喜劇や軽喜劇とされたものもある。〔7〕

＊3 〈(上級)弁護士〉原語は、advokatで、日本でいう弁護士だが、注＊5の弁護士sagførerと区別するために、上級とした。これは、大学法学部を卒業し、国家試験を受けて、国王から授与される公的資格。最高裁判所の法廷で弁論することができる。〔8〕

＊4 〈ノーラ〉原綴りはNora. 語源として二つの説がある。(1) Eleonora, Eleonore(あるいはLeonora,

Leonore）の愛称とする説。これらの語の語源ははっきりしないがアラビア系だとする説もある。⑵ノルウェーの国名の愛称で、〈母なるノルウェー〉（mor Norge）の意とする説。重要なのは⑴のほうで、イプセン自身がEleonoraの愛称だとしていた。ノルウェーの昔話などでもNoraの名は珍しくないが、イプセンに直接示唆を与えた源としても諸説ある。そのなかでは、イプセンの若い頃の友人の妹の名前クリスチーネ・エレオノーレ（Christine Eleonore）からとったという説が有力だという。日本では、長く〈ノラ〉と呼ばれてきたが、劇中、なんども〈ノーラノーラ〉と繰り返し呼ばれ、いわばこの劇の弾んだリズムを作るもとにもなっているから、原語どおりの長母音の発音が望ましい。日本での最初期の評論で、金子馬治が一度、ノーラと書いており（「諾威国の新文豪イブセン」『早稲田文学』明治二七年九月一〇日）、小山内薫はノオラと表記したことがあるが（「女形に就いて」大正二年九月一一日）、たぶん意識的にノラではなくノーラと表記した最初は、林穣二訳（旺文社文庫、一九六七年）だと思われる。舞台でノーラと呼ばれた最初は、拙訳による俳優座の『人形の家』公演（千田是也演出、一九六八年）だろう。その後、ノーラと呼ぶことは、かなり一般的になっている。〔8〕

＊5〈弁護士〉原語は、sagfører（現綴 sakfører）。これも、法学部を出ているが、国王から授与される資格ではない。advokat のヘルメルとは違い、クログスタは、銀行でも特別な地位についているのではないから、その仕事は、女性のリンデ夫人にとって代わられもする。一九六五年以降は、すべての弁護士が、基本的に advokat になったが、現在も、sakfører の語は、ときに使われているようである。〔8〕

＊6〈乳母〉原語は barnepige. barn は子どもの意、pige（現綴 pike）は女の子の意（この語だけで女中を指すこともある）。女中は tjenestepike（tjeneste はサービスの意）というが、そのうち、特に子どもの世話をするものが barnepike。一八七六年一月の国勢調査によると、前年一八七五年に、ノルウェーの首都クリスチアニア（現オスロ）には、約七千人の女中が働いていた。これは女性の就業者の四六％、首都人口の一割に当たった。その多くは年収二千から三千クローネの中産階層の家族に雇われていたという。〔8〕

＊7〈手伝い〉原語は stuepige. stue は部屋の意。家事の世話をする女中。〔8〕

＊8〈配達人〉大きな町には、配達人の会社があり、メッセージ、手紙、荷物などを一定の料金で運んだ。コペンハーゲン（イプセンの本が出版されたところ）には、一八八〇年代に約四百人の配達人がいたという。〔8〕

＊9〈右手〉通常の戯曲のト書きでは、右、左の指示は、客席に向かっての右、左を指すが、イプセン劇では、客席から舞台に向かっての右、左を指している。〔9〕

＊10〈玄関ホール〉原語 forstue. 一般の住居では、玄関を入った最初のホールのこと。ここからその他の部屋に入る。玄関ホールにはストーヴがあり、冬には、客はここで外套を乾かすことができた。伝統

的な間取りの設計では、各部屋から共通の廊下に出るドアがそれぞれ一つあるという造りだったが、十九世紀半ばから見られるようになる新しい設計では、各部屋に、他の部屋に直接入るいくつかのドアができた。ヘルメル家は、アパートメント・ハウスだが、あとでわかるように、彼らの住居は二階にある。アパートメント・ハウスは、ノルウェーの首都クリスチアニアで、十九世紀後半になって建てられはじめた新タイプの住まいだった。そのころの一般的な住居では、間取りは前後に二つの部分に分かれていた。主な部分には、通りに面して、家族の集まる部屋に玄関ホールといくつかの部屋があり、客用の部屋もここにあった。後の部分には、台所、食堂、女中部屋などがあった。〔9〕

＊11〈隠しておくのよ〉原語 gem（現綴 gjem は動詞 gjemme の命令形）。劇のはじまりのせりふで、ノーラの口にする最初の言葉が「隠す」という単語であることは象徴的である。この後、ノーラの隠しごとが、小さなことから大きなことへと次第に明らかになっていき、それは同時に、ノーラに対して隠されていたことがあらわになることと重なる。〔10〕

＊12〈子どもたちに見つけられないように〉クリスマス・ツリーとして、常緑樹のトウヒ（唐檜属、英語：spruce、学名：Picea）に飾りつけをする習慣は、十九世紀の半ばにドイツからノルウェーに入ってきて、一八七〇～九〇年代に大流行となったらしい。この劇は、まさにその流行をいち早くとりいれたものと言えよう。大人たちが飾りつけをしているあいだは、子どもたちは別の部屋におかれ、飾り終わったとき、ドアをあけてツリーを見せるのが、大きなイヴェントになっていた。〔10〕

＊13〈エーレ〉〈クローネ〉一〇〇エーレ（øre）＝一クローネ（krone）。住込みの女中の給料は、一八七五年で、平均、年八〇クローネ、つまり一日約二二エーレであった。乳母は一般的な女中より高かった。女性の工場労働者は、一八八〇年代で一般的賃金は一日一クローネ二〇エーレ、日雇い労働者は一クローネ六〇エーレほどであったという。〔10〕

＊14〈おつりはとっといて〉代金と同額のチップは気前のよさを表しているだろうが、部屋の飾りつけからみて、贅沢な生活でないことがわかる。この違和感は、すぐあとのノーラの言動が説明する。〔10〕

＊15〈マカロン〉ノルウェー語は makron（英語 macaroon）。卵白、砂糖、すりつぶしたアーモンドなどで作った甘くてバリバリした小さな菓子。語源はイタリア語のマカロニのようだが、フランスの伝統的な菓子で、各国に広がって、それぞれ独特のマカロンを作っている。日本では、マコロンとも呼ばれる小球形の菓子になっている。〔10〕

＊16〈ヒバリ〉ノルウェーの古い辞典では、朗らかで、元気に飛び回っている生き物とされているが、また、捕らわれて籠あるいは檻に入れられているものだともされる。次のヘルメルのせりふにある〈リス〉も同様である。〔10〕

＊17〈トルヴァル〉原綴りは Torvald. 古代北欧神話の神トール（Tor）と支配の意の vald の合わさった語。しばしば Thor とも書き、『人形の家』の草稿では、Thorvald となっている。その象徴的な意味を論じる研究者もいる。〔11〕

＊18〈お金〉原語 penge. 劇の冒頭場面で、〈金〉の語および金にまつわる言葉が頻発することは、ヘルメルとノーラの夫婦関係のあり方を暗示しているとも言える。破裂音の p ではじまるこの語は、観客の耳に強く印象づけられるだろう。〔11〕

＊19〈まるまる三ヵ月〉ヘルメルの給料は、一年に四回に分けて払われる。つまり三ヵ月おきで、これは、当時、かなり普通の支払い方式だった。〔11〕

＊20〈おまえはこれ女なり〉原文は〈du est en kvinde.〉be 動詞 est は古い用法で、通常の言い方なら、〈du er en kvinde〉となる。kvinde（女の意）の現綴りは kvinne.〔12〕

＊21〈ありがとうありがとう〉ここでノーラが、金額をたしかめてから礼を言っていることに注目すべきだろう。また、ありがとうの原語は tak（現綴 takk）だが、この語は二度三度つづけて言われることが多い。それを一息に言うことで、せりふに独特のリズムが出るので、日本語でも、そうなることを願い、途中の句読点を省いた。ほかでも、同じ言葉が繰り返されるところでは、同様にすることがある。〔12〕

＊22〈これで当分やってゆける〉西欧では、基本的に、自らの収入がない妻は、家事の費用をそのつど夫から受けとるのが習いだが、ヘルメルが、財布から金を出してノーラに渡すという構図は、劇冒頭で、配達人にノーラが、財布からチップを含めた代金を渡す形の再現のように見える。金銭授受による上下関係を示唆しているとも言えるだろう。〔12〕

＊23〈そちらにいらっしゃいました〉注＊10で記したように、玄関ホールから直接にヘルメルの書斎に行くことができるという、この家の間取りの一部が暗示されている。舞台の外の間取りまである程度わかるようにされているのは、イプセン作品の中で、この劇が最初と言ってよい。〔18〕

＊24〈旅装〉原語は rejsetøj（現綴 reise 旅行＋tøy 衣服）。一八一〇年代の外套はコートかパルトー（コートはパルトーより短め）であったが、七〇年代半ばまでは、体にぴったりしたコートがもっとも一般的だった。一八七七年から、コートは膝までの長いものとなり、七〇年代半ばにアザラシ皮のコートが流行したためにアザラシが絶滅に瀕していると言われた。旅行用の外套の中には背中まで垂れたフードつきのものもあり、また、肩に縫い付けたケープが一枚から三枚まであるものもあった。七〇年代は、頭に小さな帽子をかぶり、後ろにたくし上げた髪の下で紐で結んだ。七〇年代終わりには、スカンク、フクロネズミ、ビーバー、または雌キツネの襟巻をするのがモダンとされたらしい。〔18〕

＊25〈蒸気船〉この劇は、首都クリスチアニア（現オスロ）に設定されているとしてよいだろうが、フョルドや島の多いノルウェーでは、現在でも、フェリーは重要な交通機関である。当時は、もちろん蒸気船であった。〔19〕

＊26〈新聞に載ってた〉リンデ夫人の夫は、それなりに知られた人だったことがわかる。〔20〕

＊27〈信託銀行〉としたが、原語は、aktiebank. aktie（現綴 aksje）は、株式、公債の意で、この銀行は、一般庶民の貯蓄のための銀行である sparebank（spare は貯める意）に対して、もともとは企業の株式、公債の予約などのために設立された銀行。一八八〇年にノルウェーでは、十八の商業取引の銀行に対し、sparebank は三一一あった。〔21〕

＊28〈大した給料なの。歩合も高い〉イプセンがノルウェーで使っていた銀行であるクリスチアニア銀行信用金庫（Christiania Bank og Kreditkasse）では、一八五二年の時点で、執行頭取（direktør）の年俸の固定給が四〇〇スペシドラー（一六〇〇クローネ）、歩合は、一〇〇スペシドラー（四〇〇クローネ）を上限として、銀行の諸々の利益額（二八〇〇スペシドラーを超えた額）の八％であった。一八八八年には、この銀行の頭取の給料は、年俸六〇〇〇クローネに加えボーナスが最低二〇〇〇クローネであった。（通貨単位については注＊30を参照。）〔21〕

＊29〈まる一年もイタリアへ〉十九世紀のはじめから、北欧人にとってイタリアは、人気のある旅行目的地となる。言うまでもなく、イタリア旅行の人気を掻き立てたのは、ゲーテの『イタリア紀行』（一八一六〜一七）だが、芸術家だけでなく一般人にとってもそうだったのは、この地の気候の良さが病気療養に適していたためであった。イプセンがローマに来たのは一八六四年六月十八日で、ここに四年間住んだ（短期間の他の地域滞在を含める）。二度目のイタリア滞在は一八七八〜七九年で、地方にも住んだが、主な居住地はローマだった。〔22〕

＊30〈千二百ドル〉ドルとした原語は speciedaler（現綴 spesidaler）。一八七五年にノルウェーは、北欧通貨連盟に加入し、新しい通貨単位クローネ（krone）に変えた。当面の変換レートは一スペシドラー＝四クローネ。したがって四八〇〇クローネと言い換えられる。この金額は、当時の公務員の年俸に相当したという。〔23〕

＊31〈小さなお店を開くとか、ちょっとした教室をはじめるとか〉当時の中産階層の女性は、商店や事務の仕事についたりしたが、裕福な家庭の未婚女性は、電信の仕事や教師など、階層にとって不適切と見られない仕事をまず求めたから、選択がより制限されていた。〔25〕

＊32〈事務仕事か何かで〉首都のクリスチアニア銀行信用金庫で、一八七七年まで頭取をしていたフローリック（F.H. Frølich）は、女性を採用しようとしたが、取締役会議で一蹴されたという。この

銀行ではじめて女性が採用されたのは一八九七年だった。したがってリンデ夫人が事務員に採用されたのは、当時として新しいことだったと言えるだろう。〔25〕

＊33〈保養地〉原語 bad は浴場や水泳の場所を指すが、ここではいわゆるスパ spa のこと。十七世紀にベルギーの町 Spa で発見された温泉の保養が有名となり、その後、温泉と鉱泉の保養地が各地に広がった。ノルウェーで最初の温泉保養地は、一八三七年に開かれたサンナフョルドのサンクト・オラフ温泉地（St.Olafs Bad i Sandefjord）であった。ここで保養者は硫黄泉と海水浴で治療された。一八五七年には、モードュム温泉（Modum Bad）、翌年には首都の北にあるグレフセン温泉（Grefsen bad）が開いた。それぞれの温泉では、体あるいは神経の病気に、それぞれ異なる方法で対処した。保養に来るのは、特に中産層以上の人たちだった。〔25〕

＊34〈宝くじ〉隣国デンマークでは、国営の富くじが行われていて、イプセンもデンマークの出版元にくじを買うよう、なんどか依頼している。ノルウェーでは、芸術振興などを目的としたものをのぞいて、富くじは全面的に禁じられていたが、一八七九年（『人形の家』の執筆年）に富くじの創設が議論されていた。〔28〕

＊35〈妻は夫の同意がなければ借金できない〉既婚の女性は、正式には、経済上の法的な権利がなく、自らで経済的取引をすることができなかった。ノルウェーは十六世紀以来十九世紀初頭までデンマーク王

国に属していたが、十七世紀にデンマーク王クリスチアン五世によってノルウェーの法律《国王クリスチアン五世のノルウェー法》（Kong Christian den Femtes Norske Lov 1687）が制定され、家族の所得、財産は統一されて夫によって管理されていた。これによって、妻と彼女の親族は、夫による処理を制限することも財産を自由に処理することもできなくなった。それでも実際には、妻たちは経済的にある程度の裁量権をもち、ある場合には、共同財産を処分することもできた。しかし、基本は統一世帯ということであったから、このあり方は、一八〇〇年代の終わりになると、女性の個人的権利の問題として公の議論の的になった。その結果として生じた変化の中で、共通所有権の基本は維持されたものの妻の法的権利は広げられ、一八四五年に、二十五歳以上の未婚女性は、十八歳から二十五歳までの男性と同じ法的権利をもつようになり、保護者の承諾のもとで契約を結ぶこともできた。一八六三年には二十五歳以上の女性は自主権をもち、一八六九年にその年齢が男女とも二十一歳に引き下げられた。それでも、結婚すると女性は男性の保護のもとに入った。夫婦間の財産所有の問題は、一八七二年と七五年の最初の北欧法曹会議で議論されたが、七二年の会議で、ノルウェーの法律家で政治家のアスケホウグ（T. H. Aschehoug）は既婚女性に自らの労働所得の管理権を認める法律の草案を提出した。一八七五年には夫婦の財産権を審議する委員会が設置され、ノルウェーでは、一八八八年の法律で既婚女性の自主権が認められたが、夫が共通財産を自由にする権利は継続された。〔29〕

＊36〈まるで男になったみたい〉劇の最後に、ノーラは、男に対する女のあり方を主張するが、第一幕では、男のように金を稼ぐことを自慢に思っている。この対比は暗示的だろう。〔32〕

＊37〈暖炉の具合を見る〉ノーラは、劇の中で、なんどか暖炉に近づいたり、燃え加減を見たりするが、それは彼女の心理状態の揺れの表れであることが多い。〔35〕

＊38〈階段の途中〉på trappen. ノーラの住まいがアパートメントであり（注＊10参照）、前置詞の på（英語の on）は、この階段が表の玄関に通じるものであって、家内部の階段ではないことを示している。二日後には、上に住んでいる領事のところで、クリスマスの仮装舞踏会が開かれる。〔36〕

＊39〈社会を病院にしちまう〉二十世紀のノルウェーが、世界でもっとも福祉の進んだ国の一つとなることを考えると、イプセンはどういう意味で、このせりふをランクに言わせたか、いささか戸惑うところがある。イプセンは、若いころ労働運動に同調したときがあったが、福祉政策については疑問をもっていたとみるべきか。あるいは福祉に肯定的なリンデ夫人と対比されるランクの考えに、イプセンは否定的だったとするか。ともあれ、このせりふに注目した批評を寡聞にして知らない。〔38〕

＊40〈社会のことなんかどうだっていい〉劇の最後になると、ノーラは社会と自分のいずれが正しいかを知ろうとする。このせりふは、劇を通して、ノーラが変化していくことを端的に示すものだろう。〔38〕

＊41〈くたばれ、こん畜生〉原語は、død og pine という悪態言葉。字義は〈死と痛み〉。もとはキリス

トの十字架上での死と苦しみによって誓言する言葉で〈Guds（神の）død og pine〉といったが、そのGudsが脱落した形。なぜノーラは、この言葉を夫に向かって言ってやりたいのか。説明はないが、夫婦間の無意識の感情の齟齬を暗示するとも言える。いずれにせよ、このせりふは下書草稿にはなかった。〔40〕

＊42〈とんでもない！〉Er De gal!（字義は「気が違っているのか！」）。当時、女性が人前で悪態言葉を口にすることは不謹慎とされていた。〔40〕

＊43〈電報〉ノルウェーで最初の電気通信は一八五五年に始まった。一八七一年に辺境のヴァルドーとヒルケネスにまで電信網が延び、ほとんどすべての町に電信局ができた。一八七〇年には、三十六万の電報が送られ、その後、増大していった。〔41〕

＊44〈わたしが脱がせる〉子どもに衣服を着せたり脱がせたりするのは乳母の役目だが、ノーラはあえて自分にさせてくれと言っている。〔44〕

＊45〈隠れんぼう〉原語gemmespil（現綴gjemmespill）はgjemme（隠れる）＋spill（遊び）の合成語。劇冒頭のノーラの言葉がgjemmeの命令形「隠しておくのよ」であったが、ここでノーラが隠れんぼうをしているところに、彼女の隠している秘密を握っているクログスタがあらわれて、この秘密が観客

に示されることは象徴的である。〔44〕

＊46〈ご存じのような商売〉このあと明らかになるように、クログスタは金貸し業をはじめており、ノーラも彼から金を借りた。〔49〕

＊47〈法律は動機をたずねません〉この言葉に対し、ノーラは、「それはくだらない法律」と応じるが、ここに、イプセンがこの劇を書く前に記した「現代悲劇のための覚書」（解説参照）で問題にしている、男の法と女の法の違いが端的に示されていると言えよう。〔55〕

＊48〈飾りははぎとられ〉クリスマス・ツリーは、家で作った紙の飾りやローソクをつけ、また、菓子や果物を入れたものをぶら下げた。クリスマスの晩には、子どもたちは飾ってある食べ物をとって食べる習慣であった。〔65〕

＊49〈クリスマスの最初の日〉クリスマスは一年でもっとも重要な祭日の一つであり、朝から晩まで、人々は慎みのある振る舞いをするというのが不文律になっている。それはいまも多くの人が守っていることで、一日家にいて、遊びで騒いだりはせず、近隣を訪ねることも控えるという。〔65〕

＊50〈不幸せな〉誘惑されて、婚外の子を産んだこと。当時は、大きな恥と思われた。〔67〕

＊51〈堅信礼を受けたとき〉原文、da hun gik til præsten. 字義は「牧師のところに行ったとき」。これは、だいたい十五歳で受ける堅信礼のために、牧師のところに行くこと。堅信礼は、改めてキリスト教信者としての信仰を確認する儀式で、いわば成人式のようなもの。本来、カトリック教会の儀式だが、プロテスタントの教会でも、ルター派では行う。ノルウェーは、伝統的にルター派のキリスト教を国教とするが、堅信礼はドイツ福音主義教会の例に倣って一七三六年から始まった。〔67〕

＊52〈出て行く勇気〉これは自らの命を絶つ覚悟ということだが、この考えをノーラはどの段階でもったのか。自分の偽署名行為の正統性を主張していたはずだが、ここで確信がゆらいでいるノーラの心理状況の不確かさがかえって最後の決心の堅さをわれわれに納得させる。〔68〕

＊53〈ステンボルグ領事〉konsul Stenborg　ステンボルグの名前は前幕で言及されているがここで領事とわかる。領事には二種類あって、一つは国家公務員として報酬を受けている特別な領事であり、もう一つの領事は、通常、その地域の実業家が選ばれてなる領事で、国家公務員である必要がなく、仕事に報酬を受けてもいない。領事には、その国あるいは地域の領事勤務者を束ねる総領事または副領事がおり、彼らより下に領事事務代行がいる。一八七七年の時点で、ノルウェーには、総領事、領事、副領事、領事事務代行は、合計で二百十人いたが、そのうち総領事は十一人、領事は三十三人であった。ここに言われているステンボルグ領事が、どの類の領事であるかは、明確にされていない。〔69〕

＊54〈タランテッラ〉Tarantella.　イタリアの民俗ダンスではもっとも有名なもの。音楽は、八分の三拍子か八分の六拍子。イプセンの最初のイタリア滞在期に親しくしていたデンマークの科学者で文学者のヴィルヘルム・ベルグソーエの書いたタランテッラについての本によると、タランテッラに二種類あって、一つは十七世紀からつづいていた民間の伝統的なダンス。これは、二人かそれ以上の人数で踊る、規則にのっとった動きをするもの。もう一つは、強迫現象に近いもので、一人の踊り手が、荒々しく刺激的な動きで、疲れ果てるまで踊る。ベルグソーエによると、後者の場合、踊り手は多く女性だが、タランチュラ〔毒グモと思われている〕に噛まれて生じる舞踏病にかかっており、踊ることで、毒グモの毒を体内から追い出して、命が助かるのだと信じられていた。ベルグソーエ自身は、この解毒作用を信じていないが、憂鬱病や熱病やマラリヤなどの異なる原因を推測している。当時はもはやこの舞踏病による踊りの実例は見られなかったが、音楽とダンスは行われており、ナポリ近辺ではしばしば見られたという。イプセンも、それを見た経験があると思われる。〔69〕

＊55〈脊髄ろう〉〔脊髄癆〕医学名は tabes dorsalis で、梅毒スピロヘータが原因で起こる脊髄の炎症。〔70〕

＊56〈小さな妖精〉alfpige〔現綴 alv ＋ pike 女の子〕。alv は、英語では elf で、古代伝説では人間に害をなす妖精だったが、やがて、シェイクスピアにもあるようなロマンティックなものとなり、いたずらは

するが、魅力的なものとなる。ここで言う妖精の女の子もそのイメージだが、夜と月光の世界に属して、あまり人目につかない存在とされている。〔75〕

＊57〈ゴロ新聞〉de styggeste aviser. 字義は、もっとも汚い新聞（複数形）。〔76〕

＊58〈君、僕の仲〉原文は vi er dus. ドイツ語、フランス語などと同じように、ノルウェー語にも、二人称代名詞に二種類の言葉がある。すなわち、礼儀にかなう呼び方の De と、家族や近しい友人など親しい間で、互いに名前で呼び合う間柄の場合の du である。家族外の人では、親しくても、ドクトル・ランクとノーラの間のように、De を使う場合もある。慣例として、妻が夫のことを、第三者に対して述べるとき、その人が夫と dus の間柄でない場合は、苗字で言う。だからノーラは、リンデ夫人に対して夫のことをヘルメルというが、ランクにはトルヴァルと言う。二人が非常に親しい仲であっても、公的あるいは仕事の場では、du を使うことは滅多にない。また、その場に、互いに De という人たちがいる場合は、親しくても De を使う。したがって、ヘルメルが話すクログスタの振る舞いは、通例のエチケットに反するものと言える。しかしながら、だいたい一九七〇年代から、北欧では、次第に De が使われなくなり、現在では、初対面でも、公式文書でも、二人称代名詞は du に統一された観がある。〔78〕

＊59〈何ごとたるも来たるべし〉Lad så komme, Hvad der vil. 讃美歌の一節を引用している感じがあり、

また、ここのせりふの最後の行（すべてをこの身に担う男だということを見せてやる。Du skal se, jeg er mand for at tage alt på mig.）にも、宗教的なニュアンスのある可能性があるとされる。〔80〕

＊60〈何がわかったの〉ノーラは、自分の覚悟のほどをランクが知ったのかと思ってあわてている。〔82〕

＊61〈病室へ来てもらいたくない〉親友の仲だと自他ともに認めていると思われるランクとヘルメルの間に、ある種の隙間があることは、ところどころで示唆されるが、ここでは、ランクはノーラ相手ゆえに、それをはっきり口にすることができるのだろう。ともあれ、この劇の人物は、夫婦間だけでなく、みなそれぞれに、真の信頼で結ばれているのではないことは明白である。〔82〕

＊62〈肉体崩壊の忌わしさ〉ødelæggelsens vederstyggelighed. 聖書にある表現（マタイ福音書24, 15: Naar I da se Ødelæggelsens Vederstyggelighed 汝ら崩壊の忌わしさをみるとき）。この場面のランクの言葉には、聖書の引用と思われるものが多い。〔83〕

＊63〈新しい関係を結ぶって？〉ここでもノーラは、自分の自死のあとのことと勘違いしている。〔84〕

＊64〈上のほうまで見せてあげる〉当時の女性の礼儀作法としては、脚をくるぶしより上まで見せることはなかった。したがって、女性の靴下の上の部分を、夫以外の男性に見せることは、極端に大胆な行為

とみなされたと言ってよい。〔85〕

＊65〈たしかな判断は、ぼくには無理ですね〉ここでのランクのせりふは、直訳すれば、〈それについてぼくは何か根拠のある判断をもつことは不可能です〉つまり、ノーラの実際の脚を見たことがないから、この靴下が似合うかどうか、判断できないということ。それで、次のノーラのせりふ〈Fy skam Dem. まあ、恥を知りなさい〉がくる。〔86〕

＊66〈ノーラ〉ランクは、秘めていた愛を告白する機会を得て、親しい呼び方でノーラと言う。このあとも、ノーラと呼ぶことをつづけるが、ランプで照らされ、ノーラの距離をおく態度から、最後に奥さん（fru Helmer　ヘルメル夫人）と呼び方を変える。〔88〕

＊67〈裏の階段〉地方の住居や都市のアパートメント・ハウスでは、住居に入る階段は、表階段と裏階段の二つあることが多い。裏階段は、勝手口につながる使用人の出入りする階段。台所に通じてもいる。〔92〕

＊68〈旅行用の毛皮コート〉原語は rejsepelts（rejse 現綴 reise は旅、pelts 現綴 pels は毛皮）。次の場面でリンデ夫人が、クログスタをたずねたら田舎に行って留守だったと告げることの伏線である。〔93〕

＊69〈素晴らしい奇蹟〉原文は、det vidunderlige で、「素晴らしい」の意の形容詞に冠詞がついて、「素晴らしいこと」の意。under は英語の wonder、ドイツ語の Wunder の類語で、vid は強調の意の接頭辞。あとの場面では、この形容詞の最上級が使われるが、もとは、通常の規模を超えた、超自然的で神的なものを指し、キェルケゴールがこの意味で使っているのに対し、イプセンは、素晴らしいの意味で使い、それがノルウェー語では定着したという。だが、第一幕では普通の日常語として使っていたが次第に特別な思いを込めたものに変ってくる。聖書では奇蹟の意味でも使われているらしいので、ここでは「素晴らしい奇蹟」と訳した。また、次のせりふでリンデ夫人が、その次のせりふで再びノーラが同じ言葉を繰り返すが、それぞれを、「奇蹟?」、「奇蹟、素晴らしい」とした。〔101〕

＊70〈ノーラは踊る〉下書草稿では、ノーラはイプセン自身の劇詩『ペール・ギュント』（一八六七）から、アニトラの歌をうたう。タランテッラのアイデアは、清書稿を書きながら浮かんだものと思われる。〔105〕

＊71〈だれもいないの〉リンデ夫人はどうしてこの家に入ることができたのか。もし、手伝いのヘレーネにドアを開けてもらったとするると、ヘルメル夫妻が留守でも家に入れてもらえたのか。そのあとに手伝いは寝に行ったのであろうか。他人の家に勝手に入り込んで男と会うことは、女中に見られてもいいということなのか。イプセン作劇法にも、ときに説明が困難なところがある例と言えよう。〔110〕

＊72〈ドミノ〉domino.　もとは、胸と背中を覆う冬の衣服で、僧侶が着たものだったが、後には、仮装舞踏会で、男女ともに着る長くてゆったりしたオーバーコートか、広い袖と顔の上部を隠す仮面付きの高い襟のあるマントになった。〔118〕

＊73〈地を出しすぎた〉原文 vel megen naturlighed.　字義は「まったく多くの自然らしさ」。ここで「自然らしさ」とは、その人のそのままの姿ということなので、「地を出し」と訳した。〔119〕

＊74〈中国風〉これは、中国人が箸を使って食べる様を指している。今日では、差別的な表現に聞こえるが、原典のまま訳した。〔121〕

＊75〈隠れ帽子〉原語は、usynligheds-hatten.　usynlighed（現綴 usynlighet）は見えないこと、hatt は帽子。黄泉の国の住人は特別であり、たとえば帽子を身に着けて姿を見えなくすることができ、それで人々の中を邪魔されずに行き来できるという俗信があった。〔127〕

＊76〈おやすみなさい〉原文 Sov godt.　字義は「よく眠れ」。日本語の「おやすみ」と同じだが、ここでノーラは、言外に、ランクが死の床につくことを意味している。だから、自らも死ぬ覚悟のノーラは、同じことを「わたしにも言ってちょうだい」とランクに頼む。ノーラの「おやすみ」の意味をランクは悟るが、彼女の死の覚悟は知らないから、一瞬、「あなたにも?」と不思議に思う。しかし、通常の挨

拶と納得して、「おやすみ」と言うのであろう。〔127〕

＊77〈医学博士ランク〉Doktor medicinæ Rank. 医者で博士である者は、非常に少なかったようで、一八七四年には、ノルウェーで博士号を得た医師はたった四人であったという。〔129〕

＊78〈茶番〉原語はkomediespil. 字義は喜劇プレイ、あるいは喜劇ごっこ。この言い方が、ノーラの夫を見る目の一変するきっかけとなる。〔132〕

＊79〈おれは助かった〉原語のJeg er frelst!（わたしは救われた）には、聖書のニュアンスがある。草稿では、「おまえは助かった、ノーラ、おまえは助かった」となっていたが、最終稿で「おれは助かった！ ノーラ、おれは助かった」に直された。〔136〕

＊80〈小部屋〉原語はalkove. 寝室の奥にある別の小さな部屋か、壁が凹状になっている部屋。ここでは、前者と思われる。〔138〕

＊81〈仮装を脱ぐの〉原文は、Kaste maskeradedragten. Kasteは投げ捨てる意。ノーラの自覚のほどは、すでにはっきりしている。〔138〕

＊82〈遊び部屋〉原語は、legestue. lege（現綴 leke）は遊び、stue は部屋の意。劇中で、劇の題名の dukkehjem は、だれの口にもされない。この「遊び部屋」が題名にもっとも近い言葉。下書草稿では、dukkestue の語が使われている（注＊2を参照）。〔142〕

＊83〈本にもそう書いてある〉当時、若い女性の教育や女性の生き方、振る舞い方の指南本がいろいろ書かれていた。ドイツの女性作家ユーリエ・ビューロウ『女性の拓く道』(Julie Burow, *Om den kvindelige Opdagelse*, 1866, デンマーク語訳）は、女性の市民としての使命は、娘、主婦、あるいは母親としてのよき行動であるとする。だが同時にビューロウは、女性も人間であり、男と同じ教育を要求をする権利があるとも主張している。男の書いた同様の本では、そのような見方はなく、女性は男の下で男を助ける役割をもつように書かれており、その指針はすべて聖書にあるといったようなものが多かった。〔145〕

＊84〈妻が夫の家を去ったとき〉離婚は、一六八七年の《国王クリスチアン五世のノルウェー法》によると、次の三つの理由があるとき成立する。すなわち、〈Horeri（不倫）〉、〈Desertio（配偶者の一方が、正当な理由も他方の同意もなく、他方を捨てて出ていくこと）および〈Impotentia（婚姻以前の欠陥により結婚に差し支えあること）。この法は、当時、家族の権利に関する法とされたが、離婚条令の法的作用についての規定が非常に少ない。離婚後の二人の住居や、夫の養育義務などについても、何も書かれていない。実際には、慣例法によって、離婚に際し、罪のあるほうは、結婚を放棄したとして共有財

産の分配請求権、親権要求権、再婚の権利を失うとされた。十九世紀のノルウェーは、プロテスタント国の中で、離婚にもっとも厳しい国であった。一八七六～八〇年の間に成立した離婚数は、全国で三九件、別居成立は一六六件にすぎなかった。離婚法の改訂がようやく問題にされてきたのは、一八八〇年代になってからである。〔150〕

＊85〈見ず知らずの人からは何ももらわない〉劇冒頭では、ノーラは夫に金をねだり、もらうと、まず額をたしかめてから礼を言っていた。ここの贈り物を断るせりふは、ノーラの変貌を象徴すると言えるだろう。〔151〕

＊86〈もっとも素晴らしい奇蹟〉原語は、det vidunderligste. vidunderlig（素晴らしい）の最上級に冠詞のついたもの。次のヘルメルのせりふにある〈奇蹟〉も同じ言葉で、その次のノーラの〈奇蹟〉は、通常形の vidunderlig である（注＊69を参照）。〔151〕

＊87〈二人一緒に暮すことが、本当の結びつきになる〉原文は、At samliv mellem os to kunde bli'e et ægteskab.（直訳　わたしたち二人のあいだの共同生活が一つの結婚になることができたら）。結婚の語ægteskab（現綴 ekteskap）は、ekte（真の、正当な）と skap（前の言葉を実名詞化する接尾辞で、単独では形の意をもつ）の合成。ここでは、〈本当の結びつき〉と訳した。ここにある結婚観として、イプセン全集の注釈は、当時の女権運動に影響したとされるイギリスのJ・S・ミルの『女性の隷従』

(John Stuart Mill, *The Subjection of Women*, 1869) の最後の章にある文を参照対象として引用している。その邦訳を引用しておく。

「陶冶された能力をもち、同じ意見と目的をもつ二人の人間、しかもそのあいだにはもっともよい意味における平等があり、たがいにすぐれた点をもちながら、しかもその能力や才能が似かよっている、そしてその結果各々が相互に尊敬しあうよろこびを味わい、相互に導き導かれつつ向上の道をたどることができる、そういう二人の結婚がどんなに幸福なものであるか。それについては、このうえ私は説明しようとは思わない。なぜかといえば、これを想像しうる人には説明の必要はないし、それを考ええない人にとっては、それは狂信者の夢としかみえないであろうから。しかし私は、深い確信をもって、これが、そしてこれのみが結婚の理想であると主張したい。」(岩波文庫、J・S・ミル著『女性の解放《ママ》』大内兵衛・大内節子訳、岩波書店、一九五七年、第四章一八)。〔152〕

＊88〈出て行く〉ドイツで『人形の家』が上演されるとき(一八八〇年)、ノーラを演じる有名な女優Niemann-Raabe は、子どもをおいて家を出ることはありえないと言って、この結末を書き換えて上演しようとした。そこでイプセン自身が書き換えを与えたが、書き換えの上演は成功ではなかったらしい。(解説参照)このイプセンの書き換えは、すでに島村抱月が紹介している(島村抱月訳「ノラ」(結末の場)『早稲田文学』第十一号、明治三十九年十一月)。〔152〕

『人形の家』（*Et dukkehjem*）解説

毛利三彌

イプセンの『人形の家』は、一八七九年十二月四日、デンマークのコペンハーゲンで出版された。イプセンはノルウェーの作家で、ノルウェーはすでに半世紀以上前にデンマークの属領たる地位を脱し、隣国スウェーデンとその国王のもとに連合王国の関係となっていたが、重要な作家は、まだコペンハーゲンの出版社から出すことを慣例としていたのである。クリスマス市場目当ての出版で、異例の八千部が刷られた。それから二週間足らずの十二月二十一日に、早くもコペンハーゲンの王立劇場で『人形の家』は初演され、北欧各地の上演がそれにつづいた。当時高まりつつあった女性の権利獲得の運動を後押しするものとみられて、女権運動家たちからは歓迎されたが、他方、母親が子どもを残して家を出るなど前代未聞だとして非難の的ともなった。ドイツ初演では、ノーラを演じる女優が、私はどんなことがあろうと子どもをおいて家出をすることはないと言って、ノーラの最後の家出を変えて上演しようとした。当時は、戯曲の上演権は国際的にあいまいであったから、勝手な書き換えも自由にされたのである。イプセンは、他人が書き換えるくらいなら自分が直したほうがいいと言って、ノーラが家を出ない結末に変えたものを与えた。自らそれを、原作に対する

「野蛮な暴力行為」と呼んだが、そのドイツ語訳は、イプセンの最初の独訳全集（一八九八～一九〇四）の第六巻に収録されている。そこでは、最後にノーラが「さようなら」と言って出て行こうとすると、ヘルメルが「子どもたちに最後の別れをしてくれ」と言って、無理に彼女を隣の部屋のドアまでつれて行き、子どもたちの寝顔を見せる。「あした目を覚ますと、お母さんと呼ぶだろう。そのときあの子たちはもう―母なし子なんだ。おまえがそうだったように。」そう言われてノーラは心の中で闘い、ついに旅行カバンが落ちる。「ああ、わたし自身に対する罪を犯すことになっても、この子たちを見捨てることはできない。」そう言ってドアの前で膝をつく。ヘルメルは喜んで、しかし低く「ノーラ！」と声を上げ、幕となる。

イプセンは、『人形の家』の執筆にとりかかる前に、「現代悲劇のための覚書」と題した短いノートを書きつけた。これは『人形の家』構想の最初のあらわれとみられるが、これが記されている紙片には、一八七八年十月十九日の日付がある。その内容は次のようなものである。

二種類の精神的な法、二種類の良心がある。一つは男のもの、もう一つはまったく異なる、女のもの。両者は互いを理解しない。しかし女は現実生活において男の法で裁かれる、あたかも女でなく男であるかのように。

この劇の夫人は最後に何が正しくて何が誤りかわからなくなる。一方では自然な感情の動き、他方で権威への信仰が働いて、彼女を混乱の極に陥れる。

女は現代社会において自己を全うすることができない。これは徹頭徹尾、男社会だからである。法律は男が作り、検事も裁判官も男であって、女の行為を男の立場から裁く。

彼女は罪を犯し、それを誇りに思っている。夫への愛情から、夫の命を救うためにそれをしたからである。しかし夫は、因習的な法律遵守の考えに縛られていて、問題を男の目でしか見ない。

魂の闘い。権威信仰によって抑圧され困惑させられて、彼女は自らの道徳的権利と子どもを育てる能力に対する不信の念にとらわれる。苦悩。現代社会の母親は、ある種の昆虫のように子孫繁殖の義務を果たしたら死ぬだけなのか。人生への愛、家庭への愛、夫や子どもや家族への愛。ときどき、女らしく、彼女の考えを振り払う。突然、不安と恐れが戻ってくる。すべてを一人で耐えねばならぬ。破滅は、無慈悲に不可避に近づいてくる。絶望、闘い、挫折。


この覚書と『人形の家』第一稿執筆開始（一八七九年五月二日）の間に、イプセンの居住していたローマの北欧協会における出来事が起きている。それは協会付属の図書室の係に女性を採用することと、協会所属の女性に投票権を与えることの二案をイプセンが提案したのに対して、第一の案は可決、第二の案は否決されたことである。イプセンは激怒し、反対投票したものとは口もきかなかったという。ところが、これには後日談があり、次の協会パーティに来たときのイプセンについて、同郷の若い劇作家グンナル・ヘイベルクは次のように回想している。

イプセンは、大方の予想に反して、だれかれとなくにこやかに挨拶をしていたが、パーティたけなわのとき突然立ち上がり、「紳士淑女諸君！」と大声で叫んだ。先日自分はこの会のために大いに役立ちたいと思って女性のための提案をした。だが、烏合の衆には偉大な思想も猫に小判、提案は数票の差で否決された。だが、その案の対象となった当の女性たちはどう反応したか？　彼女らはそれに大声上げて反対し、裏工作をした。いったい、何という女どもだ！　女どもは最低の輩よりももっと悪い！　屑よりももっと悪い！　イプセンは怒声を繰り返す。奴らは愚かで教育がなく、非道徳的で、どうしようもない連中だ！　ある伯爵夫人がついに失神してつれ去られた。

これがイプセン死後の回想であることから、それなりの潤色が施されていることは否定できないだろう。だが、イプセンの女性観、そして女性に対して示した現実の態度には、必ずしも一貫性があるとは言えない。薬屋の見習いをしていた十八歳のときに、同じ薬屋で働いていた十歳年上の女性との間に子どもが生まれたが、イプセンは生涯、彼らとの交渉を絶っていた。西海岸のベルゲンの劇場で座付作者をしていたときに知り合ったスサンナと結婚したイプセンは、彼女の自らの意思を貫く強い性格を高く評価していたが、そのような強固さが自分にはないことを承知していたからだと伝記作者はいう。

イプセンの女性観は、さまざまに解釈できる。のちにイプセンの七〇歳の誕生日を祝してノルウェーの女性運動同盟が開いたパーティで、女性解放に寄与したとして感謝の杯を捧げられたとき、イプセンは、女権問題とは実のところ何なのかよくわからないと言い、自分の書いてきたのは人間問題だと述べたという。

それでも、『人形の家』の基本テーマが、「現代悲劇のための覚書」にあるような、男の法に対する女の立場からの疑問にあることは否定できないだろう。ノーラが最後に家を出るのは、女の自己覚醒などという決然としたものではなく、なんとしても、男の法によらない女の法とは何かを知りたいという切実な思いからではないのか。男の作った法律に対する疑問をノーラは第一幕でもクログスタに向って口にしていた。だが、それとほとんど同じ言葉を最後の場面で夫に向って口にするときは先に、娘として、妻としての発言であったのが、はっきりと女としての発言になっているのである。ノーラのモデルには、似たような境遇を経験したデンマークの若い小説家ラウラ・キェラーがあげられるが、実は十年前に書かれたイプセンの喜劇作品『青年同盟』（一八六九年）で、脇役だが、夫に自分は人形扱されているにすぎなかったと抗議する若い妻セルマという人物がすでに描かれていた。また、イプセンは知らなかったと思われるが、フランスの作家ヴィリエ・ド・リラダン（Villiers de l'Isle-Adam）の一幕劇『反抗』（*La Révolte* 一八七〇）でも、若妻が夫と娘を捨てて家を出る。ただ、彼女は外の暗闇の中で不安になり、すぐに夫のもとに戻ってくるのだが。

当時のイプセンの女性観にだれよりも大きな影響を与えたのは、近代ノルウェー文学の魁《さきがけ》ともなり、またノルウェーの〈新しい女〉の先駆ともみられる小説家のカミッラ・コレット（一八一三～九五）だとされる。彼女は、小説『郡長の娘たち』（一八五四～五五）で、女性が結婚後にいかに自己の意思に反したみじめな生き方を強いられるか、その不合理を赤裸々に描き出した。イプセンは彼女と親しく交わる時期があったが、彼女に言わせれば、イプセンの『ペール・ギュント』（一八六七）で、ソールヴェイが、自分勝手に世界を放浪するペールを一生待っているというのは、女に対する侮辱以外のなにものでもないことになる。イプセンは彼女に反論できなかったという。

『人形の家』が読者や観客に与えた衝撃は、ノーラが夫と子どもを捨てて家を出るという、その行為だけではなかった。その劇的手法もまた人々を驚かせた。この劇は、イプセン独自の作劇法とも言える、小人数の登場人物による緊密な劇進行によって人間関係の核心をつくという方法をはじめて創造したが、それによってこのあとのイプセン劇は、近代家族の根底に潜む矛盾を抉り出していく。また『人形の家』が、ノーラの運命をめぐって観客をハラハラさせるサスペンス劇ともなっているのは、当時のヨーロッパ演劇界を席捲していたフランス娯楽劇〈ウェルメイド・プレイ〉（うまく作られた芝居）の手法によっているからでもある。この手法をイプセンは、若いとき劇場舞台監督として学んだと言われる。だが、そのウェルメイド・プレイの作法は、ここでは最後にひっくり返されるのである。クログスタの第二の手紙によって問題は解決され、めでたしめでたしで終わるのが通常の娯楽劇であり、ここで幕となると客が期待したとき、実はここから、もっとも重要な議論の場面が始まる。バーナード・ショウは、イプセンの新しさを、この議論劇たるところに見た（G.B.Shaw, *The Quintessence of Ibsenism*, 一八九一）。その議論は、下の門の扉がバタンと閉められる音響で締めくくられる。この音は、女性解放の高らかな宣言ともとられたが、すでに述べたようにノーラは確固たる目覚めの結果として出て行くのではない。だから、彼女のこのあとの境遇を云々するパロディ劇も数多く書かれた。だが、この最後のト書きは、『人形の家』の下書きとして完成された草稿にはなく、最終稿を仕上げている段階で書き加えられたものである。ノーラの家出は、劇冒頭で彼女がハミングしながら家に入ってくることに対応している。だから、イプセンはあえて門の大きな音を響かせたのだろう。つまり、この一種の円環形式は、この家の中でノーラがどのように振る舞い、変化して行くかが問題であることを示唆している。そのあとの彼女の生き方は、また別の問題だということではなかろうか。

ともあれ、『人形の家』は女性解放運動を推進する劇として世界中で話題となった。つづく社会問題劇の『ゆうれい（幽霊）』（一八八一）や『人民の敵』（一八八二）も、社会の諸々の因習的な習慣、道徳を正面から批判しているものとみられ、イプセンは劇作家というよりも社会思想家して、今日では想像できないほどの名声を得た。だが、二十世紀に入ると、彼の思想自体は月並みなものとなり、〈イプセンのたそがれ〉がささやかれるようになる。いまでも、女性解放運動の歴史が述べられるときには、『人形の家』は必ずと言ってよいほどに引き合いに出されるが、舞台上では、ノーラ役の女優の魅力を発揮する格好の娯楽劇になっていった。

したがって、『人形の家』の解釈の歴史には、大きく二つの転機が見られる。一つは、イプセンは社会思想家ではなく、あくまで劇作家として優れているとする見方への転換である。そして純粋に劇作法に目を向けるなら、『人形の家』のノーラの行為には身勝手、独りよがりのところが多々あり、彼女は作者から必ずしも肯定的にみられてはいないというノーラ批判論も出てくる。たとえば、アメリカの批評家ヘルマン・ヴァイガンド（Hermann Weigand）は、一九二五年に出した『モダン・イプセン』（*The Modern Ibsen*）で、『人形の家』喜劇論を展開した。彼女の借金が自分の病気療養のためだったとは知らないヘルメルが、彼女の偽署名という犯罪行為を、たとえ妻であろうと許せないと思うのは当然だと言い、平凡な男にすぎないヘルメルを、勝手に理想的な男に想像し、それが破られると、今度は自分に対する新たな理想に陶酔して家を出る。これは喜劇であり、喜劇として、この上なく面白く作られているというのである。たしかに『人形の家』は、喜劇的要素に満ちており、ノーラの言動には、大笑いではなくても、われわれの微笑を誘うところがふんだんにある。それが最後になって、深刻な問題を議論する劇となるのだが、その結末さえ、ノーラの自己陶酔として喜劇の範疇に入れようという。

もう一つの転機は、第二次大戦後にあらわれてきたイプセン再評価の動きである。彼をあくまで劇作家であるとすることでは、先の見方の延長上にあるが、この評価の新しさは、理屈ばった、あまりに散文的なせりふに満ちているとされていたイプセン市民劇に、舞台上の詩人としての卓越性を認めたところにある。その見方に先鞭をつけ、その後のイプセン研究に多大の影響力をもったのが、イギリスのジョン・ノーサム（John Northam）の『イプセンの劇的手法』（*Ibsen's Dramatic*

Method, 一九四八）であった。ノーサムは、『人形の家』から始めて、イプセンの克明なト書きに見られる視覚的要素の象徴性と、人物像の隠された関係を暗示する手法を論じ、イプセン散文劇が、従来考えられていたような理窟ばった無味乾燥なものではなく、まったく逆に、舞台において表出される詩的イメージ性に富んだ作品であることを説得的に論証してみせた。たとえば『人形の家』で、ノーラがクリスマス・ツリーに飾りをつけるとき、その華やかさとそのときの彼女の心理状況との対比、そしてそのツリーが第二幕では飾りをはぎとられていることの象徴性。あるいは、この幕の最後のノーラのタランテッラの踊り方と、第三幕でその華やかな衣裳が、上に着ている黒いショールから現れるときの対比が、ノーラの内面を的確に表していること。この黒いショールの上にまた、ヘルメルが脱ぎ捨てて行った黒いドミノを羽織って真っ黒い冷水に向かおうとするノーラの状況の視覚性が、彼女の内的葛藤を暗示すること、等々。このイプセンの象徴法の指摘に、当時のシェイクスピア学におけるイメジャリ研究の影響があることは否定できないだろうが、シェイクスピアでは言葉によるイメージが問題にされたのに対し、イプセンでは、視覚的要素によるイメージが強調される。ともあれ、このあと、かつての社会思想家は劇詩人という地位を得たと言ってよい。その後、イプセン劇に神話的背景をみるとか、新たな社会性を論じるとかいった研究はあったが、象徴的な舞台表現に優れているという見方は、晩期作品の評価にもつながり、基本的に今日もつづいている。

イプセン劇の上演もまた、いろいろの変遷を経た。思想表現から人物の心理表現に重きをおく伝統的な演出に対して、一九七〇年代にイプセン・ルネサンスといってもよい斬新な感覚による舞台が多くあらわれた。一九七〇年の西ベルリンの二晩がかりの『ペール・ギュント』（ペーター・シュタイン演出）や、スウェーデンのト書きを無視した『ヘッダ・ガブラー』（イングマール・ベルイマン演出）などがその先陣を切ったが、これが、九〇年代になると、ト書き無視は当然のこととなり、人物の心理表現より、原作をかなり自由に切り貼りする演出が出てくる。ドイツ語で、レジー・テアター（演出中心演劇）というが、それは近代古典劇一般の演出傾向でもあり、世界のイプセン上演でも、その方法が主流となった観がある。だがこの傾向には二つの方向がある。一つは、イプセンに名を借りた演出家の自由な発想による舞台実験と言うべきものであり、もう一つは、イプセンの原作に含まれる今日的な意味を一層先鋭的に見せるための演出処理と言えるものである。いずれの場合も、長いイプセン劇を、極端な例では一時間足らずに脚色あるいは翻案する場合が見られる。そして現在は、また原作に戻りながら、新しい視点による演出も見られだしている。

しかし、いずれの演出、演技方法による舞台であろうと、イプセン作品の上演とする以上、まずは原作品の理解から出発すべきだろう。その上で、今日的な社会的、演劇的解釈による舞台を作り上げることが求められるのではなかろうか。

『人形の家』は多くの国で、近代劇を先導する役割を担ったが、日本も例外ではない。坪内逍遥を中心とした文芸協会が、『人形の家』を一九一一（明治四四）年七月に、逍遥が自宅に建てた試演舞台で初演した。演出は逍遥の一番弟子ともいえる島村抱月で、彼自身が英訳から訳したが、第二幕でノーラが踊るタランテッラの振り付けができず、第二幕を抜いて上演した。同年十一月に帝国劇場で再演したときには、タランテッラは英国女性に振り付けてもらい、全幕を上演することができた。文芸協会の俳優養成コースは女性も採用していたから、最初のノーラは、第一回卒業生の松井須磨子が演じた。二年前の日本における最初のイプセン劇上演（自由劇場による『ジョン・ガブリエル・ボルクマン』一九〇九年）では、主要な女性役はまだ歌舞伎の女形が演じていたから、近代劇では女性人物はやはり女性の演じたほうが本物に見える（！）と評判になり、須磨子はほとんど一夜にして近代劇スターとなった。女性雑誌の『青鞜』は『人形の家』の特集を組んで、女性たちによる批評を掲載した。この雑誌には、先に触れたリラダンの『反抗』も紹介されている。

（『青鞜』第二巻第一号、明治四十五年〔一九一二〕一月号）

（もうり・みつや）

訳者あとがき

『人形の家』が書かれてから百五十年近くもたつ今日、イプセンの母国ノルウェーでも、若ものにはとりつきにくい作品になっているという。ましてや、われわれ日本人にとって、十九世紀のノルウェーの話が、すぐには理解できない言葉遣いや振る舞いを含んでいるのは当然だろう。したがって、一般の読者には理解しがたいと思われる語句や事柄には、注として説明を加えた。

この訳では、以前のわたしの訳に全面的に手を入れ、原作の意味、言い回しにできるだけ忠実であるとともに、舞台の日常語として成り立つせりふをめざした。だが、この訳をもとにして新たに上演台本を作成することもあるだろう。わたし自身、演出したときは、原作をかなり縮めた台本『ノーラ、または人形の家』（二〇〇〇年上演）を作った。それは私の演出した他のイプセン劇の上演台本とともに、『イプセン現代劇上演台本集』（論創社、二〇〇五年）に収録されている。

なお、わたしの詳細な『人形の家』分析は、拙著『イプセンのリアリズム―中期作品の研究』（白凰社、一九八四年）所収の『人形の家』論で行っている。

本翻訳の底本には、近年完結した新しい編集による批評版イプセン全集 Henrik Ibsens skrifter 1-17, utgitt av Universitetet i Oslo（Oslo: Aschehoug, 2005-2011）第七巻所収の Et dukkehjem を

使った。以前のわたしの訳は、百年記念版全集によったが、書式の点で少し異なるところもある。
本書の編集では、論創社の森下雄二郎さんに大変お世話になった。心からのお礼を申したい。

二〇二〇年初春

毛利 三彌

イプセン劇作品成立年代

一八五〇年『カティリーナ』*Catilina*『勇士の墓』*Kjæmpehøien*
一八五一年『ノルマまたは政治家の恋』（パロディ劇）*Norma eller En Politikers Kjærlighed*
一八五三年『聖ヨハネ祭の夜』*Sancthansnatten*
一八五五年『エストロートのインゲル夫人』*Fru Inger til Østeraad*
一八五六年『ソールハウグの宴』*Gildet paa Solhoug*
一八五七年『オーラフ・リッレクランス』*Olaf Liljekrans*
一八五八年『ヘルゲランの勇士たち』*Hærmændene paa Helgeland*
一八六二年『愛の喜劇』*Kjærlighedens Komedie*
一八六三年『王位継承者』*Kongs-Emnerne*
一八六六年『ブラン』（劇詩）*Brand*
一八六七年『ペール・ギュント』（劇詩）*Per Gynt*
一八六九年『青年同盟』*De unges Forbund*
一八七三年『皇帝とガリラヤ人』（歴史劇二部作）*Kejser og Galilæer*
一八七七年『社会の柱』*Samfundets støtter*
一八七九年『人形の家』*Et dukkehjem*

一八八一年　『ゆうれい』 *Gengangere*
一八八二年　『人民の敵』 *En folkefiende*
一八八四年　『野がも』 *Vildanden*
一八八六年　『ロスメルスホルム』 *Rosmersholm*
一八八八年　『海夫人』 *Fruen fra havet*
一八九〇年　『ヘッダ・ガブラー』 *Hedda Gabler*
一八九二年　『棟梁ソルネス』 *Bygmeter Solness*
一八九四年　『小さなエイヨルフ』 *Lille Eyolf*
一八九六年　『ヨン・ガブリエル・ボルクマン』 *John Gabriel Borkman*
一八九九年　『私たち死んだものが目覚めたら』 *Når vi døde vågner*

[訳者]

毛利三彌（もうり・みつや）

成城大学名誉教授（演劇学）

文学博士、ノルウェー学士院会員、元日本演劇学会会長

主著書：『北欧演劇論』、『イプセンのリアリズム』（日本演劇学会河竹賞）、『イプセンの世紀末』、『演劇の詩学―劇上演の構造分析』

主編著：『東西演劇の比較』、『演劇論の変貌』、『東アジア古典演劇の伝統と近代』（共編）

主訳書：『北欧文学史』（共訳）、『イプセン戯曲選集－現代劇全作品』（湯浅芳子賞）、『ペール・ギュント』、『イプセン現代劇上演台本集』

主な演出：イプセン現代劇連続上演演出、東京国際イプセン演劇祭芸術監督

人形の家　近代古典劇翻訳〈注釈付〉シリーズ

2020年 4 月 1 日　初版第 1 刷印刷
2020年 4 月10日　初版第 1 刷発行

著　者　ヘンリック・イプセン
訳　者　毛利三彌
発行者　森下紀夫
発行所　論 創 社
東京都千代田区神田神保町 2-23　北井ビル
電話 03（3264）5254　振替口座 00160-1-155266
装釘　宗利淳一
組版　フレックスアート
印刷・製本　中央精版印刷
ISBN978-4-8460-1922-8　